青い馬

第五號

青い馬 第五號 目次

FARCEに就て

坂口安吾

藝術の最高形式はファルスである、なぞと、勿體振つて逆説を述べたいわけでは無論ないが、然し私は、悲劇《トラヂエディ》や喜劇《コメディ》よりも同等以下に低い精神から道化《ファルス》が生み出されるものとは考へてゐない。然し一般には、笑ひは泪より内容の低いものとせられ、當今は、喜劇《コメディ》といふものが泪の裏打ちによつてのみ危く抹殺を免かれてゐる位ひであるから、道化《ファルス》の如き代物《しろもの》は、藝術の埒外へ、投げ捨てられてゐるのが普通である。と言つて、それだからと言つて、私は別に義憤を感じて爰に立ち上つた英雄《ナポレオン》では決して無く、私の所論が受け容れられる容れられないに拘泥なく、一人白熱して熱狂しやうとする――つまり之が、即ち拙者のファルス精神でありますが、

ところで――

〔まづ前もつて白状することには、私は淺學で、此の一文を草するに當つても、何一つとして先人の手に成つた權威ある文獻を渉獵してはゐないため、一般の定説や、將又ファルスの發生なぞといふことに就て一言半句の差出口を加へることさへ不可能であり、從而、最も誤魔化しの利く論法を用ひてやらうと心を碎いた次第である

が――この言草を、又、ファルス精神の然らしめる所であらうと善意に解釋下されば、拙者は感激のあまり動悸が止まつて卒倒するかも知れないのですが――）

扨て、それ故私は、この出鱈目な一文を草するに當つても、敢て世論を向ふに廻して、「ファルスといへども藝術である」なぞと肩を張ることを最も謙遜に差し控え、さればとて、「だから悲劇のみ藝術である」なぞと言はれるのも聊か心外であるために、先づ、何の躊躇《ため》らう所もなく此の厄介な「藝術」の二文字を語彙の中から抹殺して（アア、清々した！）、悲劇も喜劇も道化も、なべて一様に芝居と見倣し、之を創る「精神」にのみ觀點を置き、あわせて、之を享受せらるるところの、清淨にして白紙の如く、靑く寛大な讀者の「精神」にのみ呼びかけやうとするものである。

次に又、この一文に於て、私は、決して問題を劇のみに限るものではなく、文學全般にわたつての道化に就て語りたいために、（そして私は、言葉の嚴密な定義を知らないので、暫く私流に言はして頂くためにも――）、假りに、悲劇、喜劇、道化に各次のやうな內容を與へたいと思ふ。A、悲劇とは大方の眞面目な文學、B、喜劇とは寓意や涙の裏打によつて、その思ひありげな裏側によつて人を打つところの笑劇、小說、C、道化とは亂痴氣騷ぎに終始するところの文學。

と言つて、私は、A・Bのヂャンルに相當する文學を輕視するといふのでは無論ない。第一、文學を斯樣な風に類別するといふことからして好ましくないことであり、全ては同一の精神から出發するものには違ひあるまいけれど――そして、それだから私は、道化の輕視される當節に於て（敢て當今のみならず、全ての時代に道化は不遇であつたけれども――）道化も亦、悲劇喜劇と同樣に高い精神から生み出されるものであつて、その外形のいい加減に見える程、トンチンカンな精神から創られるものでないことを言ひ張りたいのである。無論道化にもくだらない道化もあるけれども、それは丁度、くだらない悲劇喜劇の多いことと同じ程度の責任を持つに止まる。

そこで、私が最初に言ひたいことは、特に日本の古典には、Cに該當する勝れた滑稽文學が存外多く殘されてゐる、このことである。私は古典に通じてはゐないので、私の目に觸れた外にも幾多の滑稽文學が有ることとは思ふが、日頃私の愛讀する數種を擧げても、「狂言」、西鶴（好色一代男、胸算用等）、「浮世風呂」、「浮世床」、「八笑人」、「膝栗毛」、平賀源内、京傳、黄表紙、落語等の或る種のもの等。

一體に、わが國の古典文學には、文學本來の面目として、現實を有りの儘に寫實することを忌む風があつた。底に一種の象徴が理窟なしに働いてゐて、ある角度を通して、寫實以上に現實を高揚しなければ文學とは呼ばない習慣になつてゐる。寫實を主張した芭蕉にしてからが、彼の俳諧が單なる寫實でないことは明白な話であるし——尤も、作者自身にとつて、自分の角度とか精神とか、技術、文字といふものは、表現されるところの現實を離れて存在し得ないから、本人は寫實であると信ずることに間違ひのあらう筈はないけれども——斯樣に、最も寫實的に見える文學に於てさへ、わが國の古典は決して寫實的ではなかつた。

又、「花傳書」の著者、世阿彌なぞも、寫實といふことを極力說いてゐるけれども、結局それが、所謂寫實でないことは又明白なところである。私は、世阿彌の「花傳書」に於て、大體次のやうな意味の件りを讀んだやうに記憶してゐる。『能を演ずるに當つて、演者は、たとへ賤が女を演ずる場合にも、先づ「花」（美くしいといふ觀念）を觀客に與へることを第一としなければならぬ。先づ「花」を與へてのち、はぢめて次に、賤が女としての實體を表現するやうに——』と。

私は、このやうに立派な敎訓を、さう澤山は知らない。そして、世阿彌は、この外にも多くの藝術論を殘してゐるが、中世以降の日本文學といふものは、彼の精神が傳承されたものかどうかは知らないが、この、「先づ花を與へる」云々の精神と全く同一のものが、常に底に流れてゐて、鋭く彼等の作品に働きかけて來たやうに思はれるのである。俳諧に於ける芭蕉の精神に於ても其れを見ることが出來るし、又、今この話の中心である戯作者達の作品を通しても、（狂言は無論のこと）、私は此の精神の甚だ強いものを汲み取ることが出來るのである。

尤も、この精神は、ひとり日本に於て見られるばかりではなく、歐洲に於ても、古典と稱せられるものは概ね斯樣な精神から創り出されたものであつた。單なる寫實といふものは、理論ではなしに、理窟抜きの不文律として、本來非藝的なものと考へられ、誰からも採用されなかつたのである。近世たまたま、藝術の分野にも理論が發達して理論から藝術を生み出さうとする傾向を生じ、新らしい何物かを探索して在來の藝術に新生面を附け加へやうと努力した結果、自然主義の時代から、遂に單なる寫實といふものが、恰もそれが正當な藝術であるかのやうに横行しはぢめたのであつた。

この事は單に文學だけではなく、音樂に於ても、（私は音樂の知識は皆無に等しいものであるが、素人《アマチュア》として一言することを許して頂ければ――）私は、近代の先達として、ドビュッシイの價値を決して低く見積りはしないが、しかも尙この偉大な先達が、恰かもそれが最も斬新な、正しい音樂があるかのやうに、全く反省するところなしに單なる描寫音樂を、例へば「西風の見たところ」、「雨の庭」と言つた類ひの作品を、多く殘してゐることに就て、時代の人を盲目とする蠻力に驚きを深くせざるを得ない。そして現今、洋の東西を問はず、凡そ近代と呼ばれる音樂の多くは、單なる描寫音樂の愚を敢てしてゐる。斯樣に低調な精神から生れた作品は、リュリ、クウプラン、ラモオ、バッハ等の古典には嘗て見られぬところであつた。單なる寫實は藝術とは成り難いものである。

言葉には言葉の、音には音の、色には又色の、もつと純粋な領域がある筈である。

一般に、私達の日常に於ては、言葉は專ら「代用」の具に供されてゐる。例へば、私達が風景に就て會話を交す、と、本來は話題の風景を事實に當つて相手のお目に掛けるのが最も分りいいのだが、その便利が、無いために、私達は言葉を藉りて說明する。この場合、言葉を代用して說明するよりは、一葉の寫眞を示すに如かず、寫眞に賴るよりは、目のあたり實景を示すに越したことはない。

斯樣に、代用の具としての言葉、即ち、單なる寫實、說明としての言葉は、文學とは稱し難い。なぜなら、寫實よりは實物の方が本物だからである。單なる寫實は實物の前では意味を成さない。單なる寫實、單なる說明を文學と呼ぶならば、文學は、宜しく音を說明するためには言葉を省いて音譜を挿み、蓄音機を挿み、風景の說明には又言葉を省いて寫眞を挿み、（超現實主義者、アンドレ・ブルトンの"Nadja"には後生大事に十數葉の寫眞を挿み込んでゐる）、そして宜しく文學は、トーキーの出現と共に消えてなくなれ。單に、人生を描くためなら、地球に表紙をかぶせるのが一番正しい。

言葉には言葉の、音には音の、そして又色には色の、各代用とは別な、もつと純粹な、絕對的な領域が有る筈である。

と言つて、純粹な言葉とは言ふものの、勿論言葉そのものとしては同一で、言葉そのものに二種類あると言ふものではなく、代用に供せられる言葉のほかに純粹な語彙が有る筈のものではない。畢竟するに、言葉の純粹さといふものは、全く一に、言葉を使驅する精神の高低に由るものであらう。高い精神から生み出され、選び出され、一つの角度を通して、代用としての言葉以上に高揚せられて表現された場合に、之を純粹な言葉と言ふべきものであらう。（文章の練達といふことは、この高い精神に附隨して一生の修業を賭ける問題であるから、この際、ここでは問題とならない。）

「一つの作を書いて、更に氣持が深まらなければ、自分は次の作を書く氣にはならない。」と、葛西善藏は屡さう言つてゐたさうであるし、又その通り實行した勇者であつたと谷崎精二氏は追憶記に書いてゐるが、この尊敬すべき言葉――私は、汗顔の至であるが、葛西善藏のこの言葉をかりて言ひ表はすほかに、今、私自身の言葉として、より正確に說明し得る適當な言葉を知らないので、先づ此の言葉を提出したわけであるが――この尊敬すべき言葉に由つて表はされてゐる一つの製作精神が、文字を、（音を、色を）、藝術と非藝術とに分つところの鐵則となるのではないだらうか。

餘りにも漠然と、さながら雲を摑むやうにしか、「言葉の純粹さ」に就て說明を施し得ないのは、我ながら面目次第もない所とそひかに赤面することであるが、で、私は勇氣を奮つて次なる一例を取り出すと――

「古池や蛙飛び込む水の音」

之ならば、誰が見ても純粹な言葉であらう。蛙飛び込む水音を作曲して、この句の意味を音樂化したと言ふ人もなからうし、古池に蛙飛び込む現實の風景が、この句から受けるやうな感銘を私達に與へやうとは考へられない。ここには一切の理窟を離れて、ただ一つの高揚が働いてゐる。

「古池や蛙飛び込む水の音、淋しくもあるか秋の夕暮れ」

私は、右の和歌を、五十嵐力氏著、「國歌の胎生並びにその發達」といふ名著の中から拔き出して來たのであるが、五十嵐氏も述べてゐられる通り、ここには親切な下の句が加へられて、明らかに一つの感情と、一つの季節までが附け加へられ說明せられてゐるにも拘はらず、この親切な下の句は、結局芭蕉の名句を殺し、愚かな無意味なものとするほかには何の役にも立つてゐない。言葉の秘密、言葉の純粹さ、言葉の絕對性――と、如何にも虛假威《こけおどし》に似た言ひ分ではあるが、この簡單な一行の句と和歌とで、その實際を汲んでいただきたい。言葉をいくら費して滿遍なく說明しても、藝術とは成り難いものである。何よりも先づ、言葉を使驅するところの、高い藝術精神を必要とする。

文學のやうに、如何に大衆を相手とする仕事でも、その「專問性《スペシアリテ》」といふものは如何とも仕方のないことである。どのやうに大衆化し、分り易いものとするにも、文學そのものの本質に附隨するスペシアリテ以下にまで大衆化することは出來ない。その最低のスペシアリテまでは、讀者の方で上つて來なければならぬものだ。來なければ致し方のないことで、されぱと言つて、スペシアリテ以下にまで、作者の方から出向いて行く法はない。少くとも文學を守る限りは。そして、單なる寫實といふものは、文學のスペシアリテの中には這入らないものである。少くとも純粹な言葉を持たなければ、純粹な言葉を生むだけの高揚された精神を持たなければ——これだけは、文學の最低のスペシアリテである。

兎に角藝術といふものは、作品に表現された世界の中に眞實の世界があるのであつて、これを他にして模寫せられた實物が在るわけではない。その意味に於ては、藝術はたしかに創造であつて、この創造といふことは、藝術のスペシアリテとして捨て放すわけには行かないものだ。

ところで、フアルスであるが——

このフアルスといふものは、文學のスペシアリテの圈內にあつても、甚だ剽逸自在、橫行濶步を極めるもので、あまりにも專問化しすぎるために、かなり難解な文學に好意を寄せられる向きにも、往々、誤解を招くものである。

尤も、專問化しすぎるからと言つて、難解であるからと言つて、それ故それが、偉大な文學である理由には毫もならないものである。スペシアリテの埒內に足を置く限りは、よし大衆的であれ、將又貴族的であれ、さらに選ぶところは無い筈である。（尤も拙者は、斷乎として、斷々乎としてファルスは難解であるとは信じません！）。それはそれとしておいて、扨て――

一體が、人間は、無形の物よりは有形の物の方が分り易いものらしい。ところで、悲劇は、現實を大きく飛躍しては成り立たないものである。（そして、喜劇も然り）。荒唐無稽といふものには、人の悲しさを咬る力はないものである。ところがファルスといふものは、荒唐無稽をその本來の面目とする。ところで、荒唐無稽であるが、この妙チキリンな一語は、藝術の領域では、さらに心して吟味すべき言葉である。

一體、人々は、「空想」といふ文字を、「現實」に對立させて考へるのが間違ひの元である。私達人間は、人生五十年として、そのうちの五年分くらいは空想に費してゐるものだ。人間自身の存在が「現實」であるならば、現に其の人間によつて生み出される空想が、單に、形が無いからと言つて、なんで「現實」でないことがある。實物を摑まければ承知出來ないと言ふのか。摑むことが出來ないから空想が空想として、これほども現實的であるといふのだ。大體人間といふものは、空想と實際との食ひ違ひの中に氣息奄々として（拙者なぞは白熱的に熱狂して――）暮すところの儚ない生物にすぎないものだ。この大いなる矛盾のおかげで、この箆棒な儚なさのおかげで、兎も角も豚でなく、蟻でなく、幸ひにして人である、と言ふやうなものである、人間といふものは。

單に「形が無い」といふことだけで、現實と非現實とが區別せられて堪まらうものではないのだ。「感じる」といふこと、感じられる世界の實在すること、そして、感じられるといふ世界が私達にとつてこれ程も強い現實であること、此處に實感を持つことの出來ない人々は、藝術のスペシアリテの中へ大膽な足を踏み入れてはならない。

ファルスとは、最も微妙に、この人間の「觀念」の中に踊りを踊る妖精である。現實としての空想の――ここまでは紛れもなく現實であるが、ここから先へ一歩を踏み外せば本當の「意味無し《ナンセンス》」になるといふ、斯樣な、喜びや悲しみや歎きや夢や嘘やムニヤ〳〵や、凡有ゆる物の混沌の、凡有ゆる物の矛盾の、それら全ての最頂天《パラロキシミテ》に於て、羽目を外して亂痴氣騷ぎを演ずるところの愛すべき怪物が、愛すべき王樣が、即ち紛れなくファルスである。知り得ると知り得ないとを問はず、人間能力の可能の世界に於て、凡有ゆる翼を擴げきつて空騷ぎをやらかしてやらうといふ、人間それ自身の儚なさのやうに、之も亦儚ない代物《しろもの》には違ひないが、然りといへども、人間それ自身が現實である限りは、決して現實から羽目を外してゐないところの、このトンチンカンの頂天がファルスである。もう一歩踏み外せば本當に羽目を外して「意味無し」へ墮落してしまふ代物であるが、勿論この羽目の外し加減は文學の「精神」の問題であつて、紙一枚の差であつても、その差は、質的に、差の甚しいものである。

　ファルスとは、人間の全てを、全的に、一つ殘さず肯定しやうとするものである。凡そ人間の現實に關する限りは、空想であれ、夢であれ、死であれ、怒りであれ、矛盾であれ、トンチンカンであれ、ムニヤ〳〵であれ、何から何まで肯定しやうとするものである。ファルスとは、否定をも肯定し、肯定をも肯定し、さらに又肯定し、結局人間に關する限りの全てを永遠に永劫に永久に肯定肯定肯定して止みまいとするものである。諦めを肯定し、溜息を肯定し、何言つてやんでいを肯定し、と言つたやうなもんだよを肯定し——つまり全的に人間存在を肯定しやうとすることは、結局、途方もない混沌を、途方もない矛盾の玉を、グイとばかりに呑みほすことになるのだが、しかし決して矛盾を解決することにはならない、人間ありのままの混沌を永遠に肯定しつづけて止まない所の根氣の程を、呆れ果てたる根氣の程を、白熱し、一人熱狂して持ちつづけるだけのことである。哀れ、その姿は、ラ・マンチヤのドン・キホーテ先生の如く、頭から足の先まで Ridicule に終つてしまふとは言ふものの。それはファルスの罪ではなく人間様の罪であらう、と、ファルスは決して責任を持たない。

此處は遠い太古の市、ここに一人の武士がゐる。この武人は、戀か何かのイキサツから自分の親父を敵として一戰を交へねばならぬといふ羽目に陷る。その煩悶を煩悶として悲劇的に表はすのも、その煩悶を諷刺して喜劇的に表はすのも、共にそれは一方的で、人間それ自身の、どうにもならない矛盾を孕んだ全的なものとしては表はし難いものである。ところがファルスは、全的に、之を取り扱はうとするものである。そこでファルスは、いきなり此の、敬愛すべき煩悶の親父と子供を、最も滑稽千萬な、最も目も當てられぬ懸命な珍妙さに於て、摑み合ひの大立廻りを演じさせてしまふのである。そして彼等の、存在として孕んでゐる、凡そ所有ゆるどうにもならない矛盾の全てを、爆發的な亂痴氣騷ぎ、爆發的な大立廻りに由つて、ソツクリそのまま昇天させてしまはうと企らむのだ。

之はもう現實の――いや、手に觸れられる有形の世界とは何の交渉もないかに見える。「感じる」、あくまで唯「感じる」――といふ世界である。

斯様にして、ファルスは、その本來の面目として、全的に人を肯定しやうとする結果、いきほひ人を性格的には取扱はずに、本質的に取扱ふこととなり、結局、甚しく概念的となる場合が多い。そのために人物は概ね類型的となり、筋も亦單純で大概は似たり寄つたりのものであるし、更に又、その對話の方法や、洒落や、プローズの文章法なぞも、國別に由つて特別の相違らしいものを見出すことは出來ないやうである。

類型的に取扱はれてゐる此等の人物の、特に典型らしいものを一二擧げると、例へばファルスの人物は、概ね「拙者は偉い」とか「拙者はあのこに惚れられてゐる」、なぞと自惚れてゐる。そのくせ結局、偉くもなければ智者でもなく惚れられてもゐない。ファルスの作者といふものは、作中の人物を一列一體の例外無しに散々な目に會はすのが大好きで、自惚れる奴自惚れない奴に拘りなく、一人として偉いが偉いで、智者が智者で、終る奴はゐないのである。あいつよりこいつの方が少しは悧巧であらうといふ、その多少の標準でさへ、ファルスは決して讀者に示さうとはしないものだ。尤も、あいつは馬鹿であるなぞとファルスは決して言ひはしないが。又、例へば、ファルスの人物は、往々、「拙者は悲慘だ、拙者の運命は實に殘酷である——」と大いに悲歎に暮れてゐる。ところがファルスの作者達は、さういふ歎きに一向お構ひなく、此等の悲しきピエロとかスガナレルといふ連中《てあひ》を、ヤッツケ放題にヤッツケて散々な目に會はすのである。ファルスの作者といふものは、決して誰にも(無論自分自身にも——)同情なんかしやうとはしないものだ。頑として、木像の如く木杭の如く、電信柱の如く斷じて心臓を展くことを拒むものである。そして、この凡有ゆる物への冷酷な無關心に由つて、結局凡有ゆる物を肯定する、といふ哀れな手段を、ファルス作家は金科玉條として心得てゐるだけである。

一體ファルスといふものは、何國に由らず由來最も衒學的(出來損ひの——)なものであるが、西洋では、近世に近づくに順つて、次第にファルスは科學的に——と言ふのもちと大袈裟であるが、つまりファルス全體の構成が甚しくロヂカルになつてきた。從而、その文章法なぞも、ひどくロヂカルにこねくり廻された言葉のあやに由つて、異體の知れない混沌を揑ね出さうとするかのやうに見受けられる。プローズでは、已にエドガア・ポオ(彼には、Noso'ogie, Xing paragraph, Bon-Bon と言つた類ひの異體の知れない作品がある——)あたりから、此の文章法はかなり完璧に近いものがあるし、劇の方では、佛蘭西現代の作家マルセル・アシアルの「ワタクシと遊んでくれませんか」なぞは、この方面の立派な技術が盡されてゐる。

ところが日本では西洋と反對で、最も時代の古い「狂言」が、最もロヂカルに組み立てられ、人物の取扱ひなぞでも、これが西洋の近代に最も類似してゐる。

で、西洋近世のロヂカルなファルス的文章法といふものは、本質的には實に單純極まりないもので、「AはAである」とか、「Aは非Aでない」と言つた類ひの最も單純な法則の上で、それを基調として、アヤなされてゐる。語の運用は無論として、筋も人物も全體が、それに由つて運用されてゐると見ることも出來る。マルセル・アシアルの「ワタクシと遊んで吳れませんか」をどの一頁でも讀みさへすれば、この事は直ちに明瞭に知ることが出來やう。が、このロヂカルな取扱ひは、非常に行き詰り易いものである。アシアルにしてからが、已に早くも行き詰つて、近頃は、より性格的な、より現實的な喜劇の方へ轉向しやうとしてゐるが、ファルスと喜劇との取扱ひの上に於ける食ひ違ひが未だにシックリと錬れないので、喜劇ともつかずファルスともつかず、妙にグラグラして、彼の近作は概ね愚作である。

が、然し何も、このロヂカルな方向がファルスの唯一の方向ではない。ファルスはファルスとして、ファルスなりに性格的であり現實的であり得るのである。西洋の古代、並びに、特に日本の江戸時代は、ファルスはファルスなりに餘程性格的であり、かつ現實的であつた。浮世風呂、浮世床であるとか、西洋では、Maître Pathelin(佛蘭西の十五世紀頃の作品)、なぞがさうである。私達のファルスは、この方面に尙充分に延びて行く可能性があるやうに考へられるし、又この逆に、概念的な、奇想天外な亂痴氣騷ぎにしてからが、まだまだ古來東西にわたつて甚だシミツタレなところがあつた。なまじひに科學的な國柄だけに西洋の方に此の弊が強く、例へば、オスカア・ワイルドに「カンタビイルの幽靈」といふものがあるが、日本の落語に之と全く同一の行き方をしたものがあつて——題は忘れてしまつたが、(隱居がお化けをコキ使ふ話)、私には、その落語の方が、はるかに羽目を外れて警抜であつたために、ケタ違ひの深い感銘を受けたことを覺えてゐる。と言つて、日本のファルスといへども、決して自由自在に延びきつてゐたわけではないが。

一體に、日本の滑稽文學では、落語なぞの影響で、駄洒落に墮した例が多い。（尤も外國でも、愚劣な滑稽文學は概ねさうであるが）。いはゆる立派な、哲學的な根據から割り出された洒落といふものは、人間の聯想作用であるとか、又、高度の頭の働きを利用し、つまりは、意味を利用して逆に無意味を强めるもので、近世風な滑稽文學（日本では「狂言」が――）が皆この傾向をとつてゐる。ところが、江戸時代の滑稽文學や、西洋の古典は、之とは別な方向をとり、人間的であるために、その洒落が駄洒落に墮して目も當てられぬ愚劣な例が多いのである。（「八笑人」を摸して「七偏人」といふ愚作が後世出たが、之なぞは駄洒落文學を知る上には最適の例であらう。）こういふことは、ファルスを人間的に取扱ひ、浮世の風を滲み込ませやうとする時に、最も陷り易い短所であるが、しかし之も見樣に由れば、技術の洗錬されないせいで、用ひ樣に由つては、一見短所と見える斯樣な方向にさへ尙開拓の餘地はあるやうである。私は時々落語をきいて感ずるのであるが、恐らくは文學として讀むに堪えないであらう愚劣なものが、立派な落語家に由つて高座で表現されると、勝れた藝術として感銘させられる場合がある。技術は理窟では習得しがたく、又律しがたいものである。古來輕視されてゐただけに、文學としての「道化」は、その技術にも多くの新らしい開拓を必要とするであらう。

私は深い知識があるわけではないので良くは知らないのであるが、當て推量で言つてみれば、「道化」は、その本來の性質として、恐らく人智のあると共にその歷史は古いやうに思はれるし、且又、それだけに特別の努力も拂はれたことはなく、大して新生面も附け加へられて來なかつたやうに考へられてならぬのである。もつと意識的に、ファルスは育てられていいやうに私は思ふのである。せめてファルスを輕蔑することは、これは無くなつてもいいと思ふが――

肩が凝らないだけでも、仲々どうして、大したものだと思ふのです。Peste！

この人を見よ

——堀辰雄と梶井基次郎——

菱山修三

この邦には本當の作家がゐないから、たいへん多くの人々が小説を作ることを試み、作家にならうと志向するのでせうか。——これは私の憎まれ口ですが、そんな譯ではないでせう。すると、多くの人々はたいそう豐饒な夢を持て餘してゐるのでせうか。私にはさうは思はれません。それならば、たいそう貧弱な夢を滿たさうとあがいてゐるのでせうか。それとも、今起りつつある現實の生活の土臺の動搖が直接多くの人々に多彩の或は無色の夢を描かしめるのでせうか。そのいづれにもせよ、多くの人々の小説を作ることの試圖及び志向はまことに壯烈ではありませんか。實際壯烈以上です。私のやうな間の抜けた、愕き易い書生は屢々茫然とするばかりです。

いつたい、私共は古い神話を守らうとしてゐるのでせうか、それとも新しい神話を作らうとしてゐるのでせうか。しかしたぶん、私共は古い神話も新しい神話も持つてゐないのではないでせうか。してみると、すぐ崩れて了ふバベルの塔を繰り返し繰り返し築かうとしてゐる譯でせう。この志向はまさしく悲壯です。崇嚴です。崇嚴でありながら、たいそうはかない、——尤も、これが人間業のめざましい性格でせうか。

私共に志賀直哉を敎へてくれた、深切な批評家小林秀雄は最近「オフエリヤ遺文」を世に送りました。この走り書きを讀みながら、私はガツカリして了ひました。試みといへばあまりに情けない試みです。確か、大學敎授辰野隆博士はこの走り書きを結晶化した文章だと感歎してゐたさうです。辰野敎授は何故いはれなかつたのでせうか、——「オヘダラ遺文」と。この走り書きは長い忍耐の後に書かれた文章ではありません。忍耐の後でなくして、智慧と志向、誠實と注意とが一つとなることはありません。これらが一つとなつて書かれた文章こそ始めて結晶化した文章です。耀かしい直觀の秘密とはこれ以外の事情を指しません。——さう、私は確信してゐます。私共が讀者の側に立つかぎり、作品の世界と現實の世界とはもとより一つではありません。このとき問題はひとへに構成に係はります。何故なら、一つの作品の素材はその作者の構成のもとに在るもので、第三者の氣隨氣儘の結合に任される素材ではないからです。私は「オフエリヤ遺文」の全體に就いて、形式に就いて、それを構成した小林秀雄の「血肉」に就いて、——いはゞこの走り書きのなかに沈潜しながら、お饒舌《しやべり》をする熱情を覺えません。まして部分部分に就いて氣儘な放言はこの際愼しむことにしませう。

私は何故、「オフエリヤ遺文」なぞを引き出したのでせうか。實は、小説を作らうとする試圖や志向の、壯烈なのはたいへん結構なのに、現實に提出される數々の作品には稀にしか感服しないのを殘念に思つてゐることです。「オフエリヤ遺文」に限らず、屡々こんな苦澁を嚙んでゐるのはつまり性懲りもなく文學が好きなせゐでせう。

人はよく自分の夢を信じるといひます。これはいはゞ一種の坊主主義的口吻に過ぎまいといふ人もあるでせうが、一概にさう輕蔑出來ない一個の事情があります。この場合、おそらく夢とは自己の自己への反照であり、自己の内部に於ける物の造型でせう。すると、夢とは自己自身の確證です。この確證を信じるのに何の不思議もありません、從つて、自分の夢を信じることの當不當は問はるべき性質のものではありません。ここに、自分の夢を信じるといふことから、自己を孤立化すか、孤立化さないかといふことになつて始めて、當不當の問題が起るのです。たゞ現實の作家の經驗に就いてみれば、自分の夢の過剰から、自己の存在の頑な約束から、多く人は他から自らを孤立化して了ふのではないでせうか。「作家の夢は個體的な夢であるほかはない。」といふのはおよそこの事情を語るものです。だから、このとき、最も重要な戒愼は正直であることではないでせうか。自分の夢を信じると共に、それにもまして自分の夢を正直に語ることが作家にとつて大切な心掛けではないでせうか。私はここでことさらに僧侶的な格率を引き出さうとは思ひません。又、作家の基本的な、宿命的な覺悟とはかかるものだと斷定を急がうとも思ひません。たゞ私はここで二人の作家、堀辰雄と梶井基次郎に觸れたいのです。

この二人の作家、堀辰雄と梶井基次郎とは共にまさしく小市民的作家です。この二作家の文學はいはゞ現代知識階級文學の双璧だといへませう。

私は最近堀辰雄の「恢復期」を讀みました。近來これ程感服した小説を私は知りません。わくわくしながら、三遍も讀み返しました。堀辰雄には、今までに「ルウベンスの僞畫」「聖家族」といふ二つのたいへん立派な作品があります。これらの作品にもまして「恢復期」は私には氣に入りました。堀辰雄の他の多くの作品には餘りに屢々ジヤン・コクトオ、レモン・ラデイゲ、フイリツプ・スウポオ、ギヨウム・アポリネル等の近代佛蘭西作家からの借り着が多かつたので、顰め面をしたのは一再ではありませんでした。尤も、アナトオル・フランスのなかにはモンタアニユの切り抜きがたくさん入つてゐますし、ジヤン・コクトオのなかにも、芥川龍之介のなかにもこの種の借り着は珍しくないことを思へば、別に取り立てる程のこともない譯でせう。ところで、堀辰雄は別人のやうに、この「恢復期」を捨身で書きました。もう一皮剝いていふと、堀辰雄は捨身で書く境地に達したので、「恢復期」を悠々と書きました。死と戯れながら、遊びながら。私は、堀は柘榴の實だと思ひました。傷つきながら、しかし耀きながら、一秋を頑に守る柘榴の實だと思ひました。人は横光利一を當代唯一の悲劇的作家だといひます。それは誤りのない評言でせう。人は牧野信一を當代唯一の理智的作家だといひました。これも別して過言ではないでせう。しかし、人は自らの夢を寫すためには涯しなく目覺めてゐなければならない以上、このとき如何なる人でも悲劇的であり、理智的でなければならないやうに約束されてゐるのではないでせうか。この約束のなかにあつて、始めて傑作を生むことが出來るのではないでせうか。してみると、凡る傑作の背後には、理智的とか悲劇的といふ心情を絕した作者が立つてゐる筈です。私は堀辰雄を當代稀にみる悲劇的な作家だとか、理智的な作家だなぞと改めていふ心持ちにはなりません。私はたゞ堀辰雄は立派な作家だといひたいのです。

「恢復期」は第一部、第二部の二つの部分に分れてゐます。第一部は寢臺車のなかから始まり、療養所の舍內に於ける病人の數々の危機の經過から小康を得るまで綴ります。第二部は輕井澤の叔母の家庭に起居する病人の動靜を寫してゐます。作者が主力を注いだのはもとより第一部でせう。この第一部は私にアンドレ・ヂイドの「背德者」の一部を想ひ出させましたが、堀辰雄の伎倆は老獪なヂイドのそれに優るとも劣ることはないと思ひました。堀辰雄は如何にしてこれを書き上げたのでせうか。作家にとつて「何を書くか」といふことは「如何に書くか」といふことと一つです。「何故書くか」に至つては「如何に書くか」のなかに潜んでゐる筈です。「何故書くか」が「如何に書くか」から遊離してあらはに表面に浮ぶならば、この種の反省は作家の危機以外の事情を指しません。從つて、私共の考察の日程に上るのは「如何に書くか」といふことでせう。ここで堀辰雄の構成の仕方に就いて、最も性格的なものに觸れることにしませう。堀辰雄は「恢復期」に於いて、意識の運動の最も弱い極限からその最も強い極限へかけてその周期毎に、その意識面に上る對象を、無類の注意力を持つて刻明に寫してゐます。制作の支配的意識は一轉し、再轉して、時と處とに應じて、素材はそれぞれあるべき布置と配合とを與へられてゐます。特に第一部に於いては短い行間に、主人公の數々の危機が少しも緊密性を失ふことなく描寫されてゐます。一つ一つの素材はまさしく實體を持つて迫つて來ます。水底の岩に落ち着く木の葉、それにも似た文脈の淸冽な緩徐調を讀者は餘すところなく享受することが出來ます。何といふ結晶化した、文章であらう！　私は確信を持つてさういひ切ることが出來ます。

すぐれた作家は作家としての確信を持ちえたその當初から、一介のモラリストとしての、人性批評家としての矜持を具備します。私のみるところ、堀辰雄がこの矜持を備へる資格を持つたのは「聖家族」以後のことだらうと思ひます。「恢復期」「聖家族」以前の作品はいはゞこれらの作品を生むための手習ひに過ぎなかつたやうに思はれます。別言すれば、以前の作品を生産してゐた時期は未だ素描の時期だつたのです。堀辰雄は大人になりました。「聖家族」に表れ出したモラリスト堀辰雄は「恢復期」を俟つてそのモラルを全面に漲らせて來ました。

堀辰雄は大人になりました。しかしそれにも拘はらず、その作品の持つアンファンタンな、子供らしい性格は依然として作品全體に特異な生彩を添へてゐます。この性格はときに健康性、子供特有の動物性の域を脱して、病的な不健全として表れます。のみならず、現實の冷酷な接面に耐へられないで、逃避的な、低徊的な弱點を敢て晒さうとさへします。

私は堀辰雄が作品のスケエルをもつと大きくしたならばなぞとは望みません。ことさらに何の要求をもしようとは思ひません。寧ろ、多少の缺點を持つてゐるにしても、自らの夢を信じると共に、それにもまして自らの夢を正直に語る點で、當代いづれの作家にも劣らない「この人を見よ」と多くの人々にいひたいのです。のみならず、堀辰雄のこの態度こそは、ともすれば百の懷疑で暗愁のなかに沈んでゐる私自身の戒愼ともしたいのです。

さらに「この人を見よ」と梶井基次郎に就いて再び語り出さなければなりません。かつて、三好達治が詩集、「測量船」を世に送つたとき、人はこの書物を「絶望の書」だといひました。その謂ふところはこの書物が「絶望させる書」だといふことにほかならないのです。これは多少誇張の憾みがないではないでせう。しかし、世の數多い、空虚な放言をこととしてゐる詩論家や言葉に就いて無智な詩人や政治的俗物等にとつては、「測量船」は當然「絶望させる書」であるべき筈でした。ところが、同じいことがおそらく梶井基次郎の著書「檸檬」に就いてもいへるでせう。この書物こそは世の騒々しい批評家、作家、政治的俗物を、のみならず小説家カンディダを絶望させるに充分な書物でした。その種の書物であるべき筈でした。それなのに、この書物に就いて語られた多くの文章は殆んど啞盲の文章でした。當然語るべき批評家はこの書物がこれを語るのに無類の情熱を要求するために全然沈默して了ひました。私は恬然として啞盲の文章を書くかはりに、この精悍無比の大工が造つた崇嚴なしかし元始的な建築物を茫然と眺めて居りました。私はいはゞ出鱈目な酩酊を自失を惧れたのです。これに絶望するにしては私の資質は幸か不幸か魯鈍に出來上つてゐました。しかし、寂寞を極めた獨房のなかに起居してゐる梶井基次郎の、眞摯な、謂ふところの眞顏に面接したとき、思はず額を下げずには居られませんでした。「君は個性のレヤアリテに達した。」と温かな友情に溢れていつた三好達治の言葉は百人の饒舌にもまして、梶井基次郎の面目を語るものだと私は思ひました。

最近になつて、梶井基次郎は「のんきな患者」といふ一篇の小説を世に問ひました。私はこれをまだ二遍きり讀んでゐません。讀みながら、私ははらはらしたり、急に微笑を感じ出したりしました。かつて三好達治と對坐してゐたとき、私が手もとにあつたマルセル・アルアンの小説を覗き見してゐると、三好が比類のない、美しい笑ひました。愕いてみると、三好はきちんと坐つたまま梶井基次郎の名品「交尾」を讀み耽つてゐるのです。私はこれを「神の笑」だと思ひました。私も亦、「のんきな患者」を讀みながら、「神の笑」を笑つた譯でせうか。こんなとき、私は沁々と小説は面白いものだと思ひます。正宗白鳥はやはり「小説は面白いものだ」としきりにいつてゐるさうです。しかし、白鳥の鹽を吹いた梅干しのやうな顏にこんな「神の笑」を讀むことが出來るでせうか。私にはさうは思はれません。「小説が面白い」なぞといへるのは、一つの作品を透して、いはゞ無の底を割つた魂と魂とが相觸れ合ふときにのみいへる言葉です。その外の場合ならば、その言葉は譫言に過ぎません。だから、洗つていへば、素手で、卒直な心を持つて作品に向ふ人のみが作品から至樂を享受することが出來るのです。そしてこの素直な心を持つといふことがおそらくむづかしいことなのです。「むづかしいことのみが私の心を惹く。」といつたポオル・ヴアレリイの言葉の裏にはこの種の至樂を享受したい、この種の神域に達しなければならないといふ强い心情が潛んでゐるやうに私には思はれます。

實際、私は梶井基次郎の「のんきな患者」を讀みながら、はらはらしたり、笑ひ出したりしました。つぎつぎに苦患と愉樂の兩極に惹かれました。ここでは不幸が何といふ確實性を持つて寫されてゐることでせう。この作品の讀後、私は自らを傳說の人ピラトに比しました。キリストの死後自らの掌の上に一面の血をみるピラトに比しました。梶井基次郎の負傷はそのまま私の負傷でした。

「のんきな患者」は全體をおよそ四つの部分に切ることが出來ませう。第一に、書き出しから主人公の二週間の重患の模樣が寫されてゐます、第二に、その後稍々小康を經てからの主人公の動靜が書かれてゐます。第三に一人の女性の死沒の話を直接の動機として、主人公の過去への追憶が書かれ、最後に短い結尾が添へられてゐます。特にこの第三の部分には數々の無類の挿話が綴られてゐます。作者が主力を注いだのはおそらくこの第三の部分でせう。しかもこの第三の部分がこの作品全體の主要な部分でせう。梶井基次郎にはこの作品以前に、「冬の日」「冬の蠅」等のたいへん立派な作品があります。「のんきな患者」を「冬の日」「冬の蠅」等の作品から引き離す最も性格的なものはまたこの第三の部分に係つてゐると私は思ひます。別言すれば、「のんきな患者」が「冬の日」「冬の蠅」等の作品に續く、その後の著しい發展を物語るものはこの第三の部分の性格に依存してゐると私は思ふのです。

詩と小說との著しい相違は、――つまり、詩の觀念形態と小說の觀念形態とを分つ著しい劃點はまさしく「話」の存否に依ると私は考へます。作家は「話」を以て考へるのです。自らの立つてゐる地點から無限の空間に「話」で問ひ、「話」で答を得るのです。恰度、畫家が色で問ひ、色で答を得、音樂家が音で問ひ、音で答を得るやうに。作家はもとより詩人と均しく、言葉を以て文字を以て問ひながら、言葉、文字を以て答を得ますが、さらに作家にあつてはその言葉、その文字が「話」に內包されてゐるのです。だから、作家が「話」で問ひ、「話」で答を得るからといつて、言葉、文字を疎かにして差支がないといふ理由は豪末もありません。梶井基次郎を人は屢々詩人だといひました。又梶井基次郎の小說を人は屢々散文詩だといひました。これはもとより人々が詩と小說との限界に就いて明確な認識を持たないことを立證するものでせうが、同時に實は、梶井が小說家として、詩人のそれと均しい純粹性の稀れにみる持ち主であり、梶井の小說が眞に散文詩と均しく純粹なものであるといふ事情を語つてゐます。私は梶井基次郎をいつそう正確に語るのに、ギュスタヴ・フロオベルに觸れるのを便利だと考へます。フロオベルはル・モ・プロプル、所謂「固有な語」を追ひ求めて止みませんでした。「固有な語」に對するフロオベルの摯烈な追求は、そこに表現されるものが表現を離れては存在しないことの、又作家の個性が作品を外にしては存在しないことの明確な認識に基いたものなのです。三好達治が梶井基次郎に向つて、「君は個性のレアリテに達した。」といつたのは、梶井が當代いづれの作家にもまして、この明確な認識を持つてゐることを指したにほかなりません。のみならず、梶井基次郎こそはまさしく作家の個性が斷じて彼の氣隨氣儘な機嫌には存しないことを、更に彼に特有なマニヤにさへも存し得ないことを、最もあざやかに私共に語つてゐます。私は梶井を當代無類の寫實的作家だといつても決して過言ではなからうと思ひます。

まことに梶井基次郎の個性は、――その個體的な夢は「確かゲエテの言葉だつたと思ひますが、「自己の破壞に依る自己の建設と、その對峙する自然の征服に依る自然の發見」とによつて自らを滿たしてをります。いはゞ梶井の眼は現實を底邊とする正三角形の頂點で、その對象を、その臨む底邊を悉く理解して、これを隈《くま》なく寫し出して了ふのです。私はこの邦の作家で志賀直哉を除いて、こんな精密な構造を持つ眼を備へた作家を知りません。しかも現在、重い病褥のなかにありながら、梶井の眼はなほ飽くことを知らないもののやうに耀いてをります。梶井が純粋に感性的作家であると共に、意欲的な作家だといはれるのはひとへにその理由を、ここに持ちます。ここに至つて、私は梶井基次郎に就いてその最も性格的なものに觸れ得たと思ひます。しかし、さらに、先に擧げた「のんきな患者」の第三の部分の、構成の上の一つの秘密に觸れたいと思ひます。ここで私は、マルセル・プルウストに觸れるのが正しいのではないかと思ふのです。昨年の盛夏、淀野隆三はプルウストの「失はれしときを索めて」の第一部「スワン家の方」を譯し上げて、一冊の書物として世に送りました。これはたいへん見事な飜譯だと私は感服しましたが、このプルウストから、梶井基次郎は意識的にか無意識的にか既に攝取すべき核心的なものを攝取してゐるのです。これは梶井のすさまじい理解力の一端を語るにふさはしい事實でせう。いつたい、「のんきな患者」では、ボオドレエルの耽美とフロオベルの清澄とプルウストの優雅とが、——これは斷じて誇張ではありません——その全體の清冽な文脈の基調をなしてゐます。第三の部分に於いて、その最も結晶化した文章に接することが出來ます。しかも、この部分に於ける、確實性に滿ちた回想の描寫は、數々の無類の挿話によつて綴られてゐます。ここで思はず私はプルウストの伎倆を想起するのです。プルウストは永年の痼疾に惱みながら、その病室に閉ぢ籠つて、大部の「失はれしときを索めて」を物しました。大戰以後の佛蘭西文學の榮光を語るのに、均しく、期せずしてマラルメの門から出たポォル・ヴアレリイ、アンドレ・ヂイドと共にマルセル・プルウストの擧げられるのはひとへにこの「失はれしときを索めて」の存在に依るものです。しかしこれはひとり佛蘭西の市民的小説の頂點であるばかりではなく、おそらく世界の市民的小説の頂點でありませう。「感性肥大性」のプルウストの後にプルウストがないとは、屢々大學教授諸賢の歎息するところです。梶井が、よしこの名作の一部であるにせよ、これを逸することの出來なかつたのは極めて自然でせう。梶井はおそらくプルウストの作品が、廣い領土と長い時間とを持つ記憶といふ未見の土臺の上に立つてゐるのをたやすく讀んだでせう。梶井はプルウストの涯しない記憶への沈潜、その映像の無類の點檢、强烈な感覺の直接觀念への結合等の諸性格を、從來の構成の仕方に取り入れ現實を再構成することによつて、回想描寫の確實性をえたのではないかと思ふのです。第三の部分の持つこの性格によつて、「のんきな患者」が「冬の日」「冬の蠅」以後の梶井の著しい發展を讀むことが出來ると私は思ひます。

ここに私はまた梶井基次郎の宿命的缺陷に就いて語らねばならないのを殘念に思ひます。梶井の文學のなかには所謂近代社會はなく、梶井がすぐれた寫實的作家であるにも拘はらず、手工業的作家に止まつてゐる點です。しかし、若し、梶井が健康でありえたならば、よしこれ程の純粹性はないにしても、質的には無類の社會的作家であるゾラ、バルザツクを凌ぎえたかもしれません。そして文學の革命に參與するばかりでなく、現實の政治的革命にも參與しえたかもしれません。こんな推論を續けるならば私は、自らの暗愚をいつそうあらはに晒すこととなるでせう。

以上、私は「この人を見よ」と主として堀辰雄と梶井基次郎とに就いて極めて粗雜な語り方をしました。けふこの頃、この邦のジヤナリストの作家評判記は無數の新進作家を擧げるでせう。しかし、私のみるところ、その大部分の人々は粗製品、半製品、未成品、模造品ばかりです。のみならず、如何に多くの政治的俗物が公然と横行してゐることでせう。卽ち私が「この人を見よ」を世の若くして文學に志す人々に呈する所以です。

私の爭友である一人の女人はかつて、「船はいま潮來《いたこ》のあたり雨のなか」といふ句を作つて私に示しました。

この句はまた私のけふの心持ちを語るのにふさはしいものでせう。私もそろそろ本氣で仕事をしなければないません。卽ち「この人を見よ」をまた自身に突き返す所以です。

スタンダール論（承前）

ヴレリー
村松かつ子譯

ベイルは自分の著作に直接活氣を吹込まないではゐられない。彼は自ら舞臺に登ることに、どうでも舞臺に戻ることに夢中である。僞りの打明話や傍白や獨白を澤山振まく、彼は自分の傀儡達を自ら動かすのだ。彼はこれらの傀儡を以て極めて完全な一つの社會的集團を構成してゐるのであるが、そこに於ては、これら傀儡の役割は古代芝居に於けるやうに限定されてゐる。彼は自ら戀人達や老ぼれ連や高僧連や外交官や學者連や共和主義者や前ナポレオン親衛の軍人達に成るのだ。これらの型はバルザックの型よりももつと常套的であり、故にもつと作意的である。彼はその中に思考力よりも思想を、活動力やこの世の中の能力よりも感情を見てゐる。彼にとつてナポレオン（例へば）は一人の英雄である。彼は精力と想像力と意志との典型であり、驚くばかり明截な理智の備つた大きな精神であり、スダンダール式の熱情的戀愛の力と名譽とを愛好する所の、理想的偉大さを慾求する男である。然るにバルザックの方は、統制者と帝政と法典と、及び革命を完成し、固定し、主宰した彼、社會を復興した彼を見てゐる。又彼は傳説が歴史から抜出して行き、しかもそれが神話の民衛的効力に依つて政治の領域をまで侵して行くのを見てゐる。

ベイルはナポレオンの古色ある特性を認める。彼のイタリー的風貌。ローマとフロレンス、カエサルとコンドチエールを髣髴する、極めて深く刻まれた彼の性格などを。然るにバルザックは特にフランス人の皇帝といふことを重大視してゐる。

バルザックとスタンダールとの比較は、若し之を多少の興味を以て行ふ時は、かなり相當に理解され、續行され得るであらう。この二人は兩方共同じ時代及び同じ社會的内容の上に働いてゐる。卽ち同じ物體に對する二人の想像力豐かな觀察者なのだ。

スタンダールの書くあらゆる人物は、次の如き共通の惡性乃至德性を持つてゐる。卽ち、彼等はあらゆる場合、各々その姿態に從ひその狀態に應じて、彼等の創作主の反感又は同情を示し出さないでゐられないのだ。この藝術家は、時として自分の嫌ひなけだ物を祕藏するやうに見える。人は快感を覺え乍らいぢめる所のものを、不知不識の理に可愛がつてゐるものだ。彼はこれらのけだ物を、或ひは重荷を課し、或ひは烙印を押し、或ひは刺し、或ひは引裂きすることに歡喜を覺える。更に戻つて來て彼等の愚かしさや、その下劣や打算の諸行爲を嗤ふことに無限の快樂を知る。彼の手に懸つて多少とも揶揄されぬものは無く、騙したり騙されたりしない者は無い。又普通の場合はこの兩方が同時に行はれるのである。彼の最負にする人物達でさへ、彼等のやさしい心の犧牲者であり、美の騙され人ある。

あらゆる事態がスタンダールを劇の方に運命づけてゐたのに何故彼がこの道に投じなかつたかは、明白りとは分らない。閑暇のある時この空席を考へて見ることが出來る。云ふ迄もなく、この時代はまだアンリ・ベイルの作つた劇や喜劇が歡び迎へられる運に遭ふやうな時代でなかつた。

しかし乍ら彼は、本質的に役者的な作家として、その精神の中に――又はその魂の中に、又はその頭腦の中に――一つの舞臺面を建てゝゐる――（言葉など大した問題ではない。單に各人が、孤獨で眺める所のものの演ぜられる所と時を指すに過ぎない。此處では、人が希望したり行つたりする所のものと大した隔たりの無いものが見られるのだ。）

この彼專用の芝居小屋に於て、彼は何の容赦も無く、自分自身の觀せ物を出す。彼は自ら自分の生活、自分の經歷、自分の戀愛、自分の極めて多樣な野心などを以て、のべつ幕無しの劇を作つてゐる。彼の身振りを演じ、彼の答辯を、卽ち、彼の衝動に對し、彼の素直さに對し、彼の樣々な種類の「大失敗」に對する彼の返答を發音する。

この道德的反省は、絕え間無く上演され際限無く舞臺に上せられ、不斷に環境に依つて活氣づけられるのであるが、その登場人物の中からは、幾つかの比喩的な存在、乃至親しい實在が現はれる。――卽ち、理想的の美、幸運、論理、金、高雅な姿……ボナパルトの陰、ジェズイットのシルエット、最も狡猾なる王の操人形等等が、役を持つて入れ代り立ち代りこの芝居に現はれて、或ひは喝采されたり、或ひは彌次り飛ばされたりする。

又この模擬芝居は、ある音樂さへも持つてゐるのだ。

時として臺本の中に、全く個人的な樂旨、殆んど感嘆詞ともいふべき、ある成句の如きものゝ轟くのが聞こえる。それは神經の信號の價値を持つに過ぎないものであつて、精力の集合とか、最も尊い想出の復活とか、過去の狀態に再び戾り、過去の希望を希望する意志の覺醒とかを打鳴らすのである。

これらの瞬間の連鎖を斷ち、陰鬱の日を震がせる所の唐突簡勁な公式である。さうして武裝命令の如く、存在の中から飛出して來る。それは恰も平凡な又は退屈極まる環境の中で、甚だしい倦怠や憂鬱を破り、下らない狀態や不幸の感じをつんざいて、個人の價値といふ强力な音色、獨立自尊の警鐘、トロンペット程の嚠喨たる響きが鳴り渡つたかのやうに。その叱咤は嘗て彼の聯隊の新兵がアルプスを越えて革命紀元八年の豫備軍隊に合體せんとして進んだ時、馬の上で眠りこけてゐたこの若い龍騎兵を驚ろかし立上らしめたものであつた。(註)

(註)　スタンダールは龍騎兵で、輕騎兵ではなかつた。のみならず、彼がアルプスを越えた時彼はまだ編入されてはゐなかつた。(アルグレー氏の言葉)

利己的な自我主義の樂旨は次の如くこの筆の下に鳴り出す——その時は又その時の如く！

別な樂旨——餘りに高過ぎる糸。

傲慢はその糸を極めて高く張るが故に、實際的なものは何物も之に懸つて來ない。虛榮の方は底の方に三段網を張つて、絕えずあちこちで目立たしい何らかの利益を漁る。

斯樣な傲慢と虛榮の問題こそは、世間に乘出さうとする人間を語る時に、缺くべからざるものである。この問題は不思議なことに才能と縺れ合つて才能を刺戟し、才能を作り出しさへもするし、又才能を墮落させ、又は才能の方向に轉廻もする。故にスタンダールの場合も一寸の間立止つて、之に些かの省察を試みる必要がある。一つの作品の中に含まれた傲慢又は虚榮の比較された量こそ、特種の偉大さなのであつて、批評の化學者は之の探究を中止してはならない。この量は決して皆無といふことはないのである。

著名な作家中でも、最も愚かならざる彼、とはいへ讀まれることと、永遠に感動させることとの慾求に惱んだスタンダールは、氣に入られるとか、功名を得るとかいふその大きな望みと、之に對峙する所の、自己そのもののために、しかも自己のみに從つて獨自で在るといふことの快感との兩道に、その赴くまゝに曳づられるといふことは無かつた。しかもそれは、自分を驚嘆させ、自分に歸り、自分の滑稽な行爲に目を見張り、自己嘲弄を行ひなど（人が自己の意識を明瞭にさせる時にその身を抓るやうに）することに彼が見出した快感に反し、彼の持つ多くの才智に反してゞある。彼はその祕密の肉の中に文學的虚榮の拍車を感じた。しかし乍ら彼はそれに少し先立つて、自己以外のものに據り恃むことを欲しないといふ絶對的の傲慢の、偏狹な奇妙な咬み傷を強く感じた。

我等の才能は、使役されることを我々に强要する。この生氣ある不斷の思想構成法は、思想を產み出すための異樣な焦慮を生ずる。未來の作品はその未來の作者の中で醱酵する。しかしながらこの感激は我々の魂を他人に賣渡さうとする。卽ち、この力は終に溢れ出て奔流する時、殆んど必ず我々を我々自身から遠ざける。我々の自我をその行かうと思つてゐない所へ曳づつて行く。この力は又我々の自我を、披瀝や、比較や相互的評價の世界に引入れる。この世界に於ては、我々の自我は、自己が夥しい無名の人々の上に齎らす影響から、自分自身にもいくらか及ぼす所の一影響と成るのである。有名な人間は、今や無名の人達の莫とした數の中の、一放射物に過ぎないものたらんとするの傾向がある。その莫とした數とは、即ち與論といふ動物、荒唐無稽な社會的怪物で、眞の人間は之に對して徐々に讓歩させられ、徐々に之と合流してしまふ。

されぱこそ、彼等の謙讓に依つて祭壇の上に置かれた者は、この數の中の祝福された人々である。で、この祭壇の上には、これらの黄金張りの貧乏人や、抹香に阿ねられた謙遜な人々が見られるのだ。

我々は、自分の心の中に持つてゐる、恐らくはより貴重なものを捨てゝも、自己の權力といふものゝ誘惑に負けてしまふ。愛惜已み難きもの、質朴なもの、讓り渡し得ないもの、及び斯く在らんと望む所のものなどを捨てゝも。この卒直自然な島國人と、この名譽追求者（この方も劣らずに卒直なものである）とは、結局一つの同じ運命の中におさまるのである。

智性の以上二大本能のこの撞着を、どう解決つけるか、――一は我々をして、人心を促かし强制し、行當りばつたりに誑引することを强ひる。他は、自己の孤立と、自己のどうにも納まりのつかない特異性とを想起せしめる。一は我々をして顯はれることを勸め、他は存在すること、自己と存在とを合致せしめることを促がす。これこそ、人間の中の餘りに人間的な要素と、何ら人間的ならざる、自己の類型を意識しない、要素との間の鬪爭である。强くして純粹な存在といふものは、人間以外のものを自覺する。さうして幾度となく現れる一つの種類、一つの型の、無限に夥だしい寫しの一つを自己の中に認めることを卒直に拒絕し、又恐れる。あらゆる深刻な人間の中に於ては、隱れたある德性が、不斷に孤立者を生む。かゝる人々は刻々、他の存在との接觸に際し、又は他の存在を想起するに當つて、一種特別は苦痛を感ずる。

その生まなましい唐突な感覺が彼等の身を刺し、同時に彼等をして、何とも表現し難い內省の島の中に身を縮めさせる。これは非人間性と、打克難い反感の反射的發作であつて、時に發狂の狀態にまで昂進することも有り得る。丁度、人類の全種族が、只一つの頭だけ持つてゐて、之を一打ちで斬落すことが出來ればいゝと願つた、かの皇帝の場合のやうに。しかし乍ら粗野な所が少く、內面的な點の强い性質を持つた者にあつては、斯くも力强いこの感情、この人間に依る人間の壓襲は、多くの思想と作品とを生み出す。獨特でないといふ苦しみになやまされた者は、自分を他の人々から引離し得るものを創り出すことに專心する。自己を獨特ならしめるといふことが彼の狂癖となる。さうして自分を全く隔絕して、いはゞあらゆる比較を絕する程にまで、恐らくはこの人間を窘しめる所の萬人の上にその身を置くのではなからうか。ある「較べ量ることの出來ない」人々は「偉大な人々」を見て微笑する。

大きな「罪」――特に神學者達が傲慢といふ立派な名を以て呼んだ抽象的な罪――は、その存在の根として、獨自であることを必要とする所のこの痼癖を持つてゐるであらうか。加之、この省察を更に一層押進め、もう少し遠くまで、勿論最も單純な諸感情の道の上にこの省察を押進める時、人は傲慢の奥底に單に死の恐怖のみを見出すであらうか。何となれば我々は死を單に死んだ他人に依つてのみ知るに過ぎないから。さうして若し我々にして眞に彼等の類型者であるなら、我々も亦死ぬであらう。さればこの死の恐怖はその闇の中から、類型的でないこと、獨立性そのものであること、特に獨自であり、即ち一つの神であることの、一種云ひ難い激しい意志を展開する。類型的であることを退け、類型者を持つことを阻み、表面上又理性上我々の類型者である所の人々に對して、自分が彼等の類型者であることを拒む。それは死すべきものであることを退け、我々の周圍に後から後から過ぎては融けて行く人々と同じ要素でないといふことを夢中になつて希望するといふことである。かの毒人參よりも確實にソクラテースを死に導く三段論法、又これの大前提を成す所の歸納法、之を結論する演繹法は、防禦と漠然とした反抗とを呼覺ます。自個崇拜は容易に之から演繹される所の一結果である。

自我主義の起原に於ける状態を溯つて探る時、之が辿る道程は以上の如くである。余はこの探求を幾らかやり過ぎた。勿論スタンダールに就いて行ふには似合はしくない。余が前述した所は、寧ろニーチェの方に適するであらう。アンリ・ブリュラールの欄外よりも、「エクセ・ホモ」の欄外に書かれた方が處を得てゐるであらう。しかし乍ら最大は最小を包含する。さうして最小を説明する。即ち、かぶれた自我は、常態の自我の中にも大體存する所のそれらの秘かなる心的傾向と深い誘惑とを誇大し、恐ろしく鋭敏にする。

スタンダールの自我主義は、一つの信仰が卽ち、教養や文明や道德を敵とする所の自然自我の信仰を含んでゐる。この自然自我は我々にも知られてゐる。だが我々が之を知るのには、我々の種々な反射作用中、原始的で眞に自然發生的なものと考へられ又は想像されるやうなもののみに依るの外はない。かゝる反射作用は、社會的環境や習慣や又は社會的環境が我々に與へた教育などゝ無關係なものに見えれば見える程、自我主義者にとつては一層貴重に、一層眞正眞銘なものなのである。

自我主義のこの自然の意志の中で、余を面喰はせ、愉快がらせ、否、悅ばせさへもすることは、この意志が必然的に慣例を必要とし、之を許容することである。自然なものと慣例的なものとを區別するには一つの慣例が必要である。これ以外に、教養といふものと自然といふものとを見分ける方法があるだらうか。――自然的なものは不定である。自然性は各個の中に極めて多樣な起原を持つてゐるから。戀愛でさへ、後天的なものに透浸されてゐないといふことを人は信ずるであらうか。又戀愛が齎らすべき忿怒、情緖、その他思想や感情の交錯の中にまで傳統が這入り込んでゐないといふことを人は信ずるであらうか。――自然なものとは、誰人かの意圖や行動の中に於て、直接にその有機體から發散するものである、と余はいふ。がその意味は、體質、卽ち各個人に種々多樣の差違があるやうに、自然で在る在り方にも、それと相應じて樣々の樣式があるといふのだ。さうして人は他人の行動や言語が――自分が自分自身の中に見出す――自然とは甚だしく遠いものであることを發見する。

注意――自我主義者であること、さうして、しかも有り來たりの圓滑な調子で他人の作品を利用するといふこと。それこそ人を驚かすに足る完成された結合であるのだ。

それから人は「自然」と「自然的なもの」とを一つの題目として、しかもそれを一つの理論　、二つの變つた形式に當はめて告白を行つたり宣言したりすることに面白味を感じるものだ。

この魅力ある素朴なシステムは、再びルソーに歸するものであり、同樣に、文明狀態が或人々に利益よりも桎梏と規範とを感じさせるものだといふことを再現せしめる。さうして之を再び持出した人とその追隨者達を慢心させる。余がスタンダール及び自分の告白をする凡ての人々に見出すものは、內心的道德の一方法、世間に於ける行動の一規範、個人性の一宗敎、文學上の一決意、生れついた喜劇役者的氣質の一結果等を同時に見る。自己で在ること、又は眞で在ることとの決意を執ることと以上に利益なものはなく、これ以上に刺戟的な、これ以上に無邪氣なものはない。この單純な大きな決意は文學上に於ては稀れではない。例は夥しい。何故ならその魅力は强いものであるから。獨創的であるがための近道――（迷信に近い）――しかも存在することだけに身を限つて獨創的であるがための近道。一度先づ最初の果斷の一擊を遂行してからは、必ず快い安樂を見出す確實性、生活の極めて小さな出來事や眞實性を賦與する下らない些小事を利用する自由。直接の言葉を用ゐる自由。又一般に書物の中で默過されてゐるつまりない事實から價値を作り出す自由。平常、陰影に依つて消され蔽はれてゐるものを明瞭に顯はさしめる所の我等の道德の照明の魅力。以上のやうな大きな利益がそれだ。

作品の中のこのシニスムは、一般にある程度の野心の失意を意味する。人が、如何にして驚異を齎し、如何にして名を殘すかの術《すべ》になやむ時、人は破廉恥となつて自分の恥づべきものを賣り、之を衆目に晒すのだ。結局、自己を自分自身に獻げ、同時に自分の身を裸《はだ》けるためにボタンを外すといふ唯一の事實に依つて、アメリカ發見程の感覺を世人に與へるといふのは、なかなか厭やなものではないに違ひない。誰だつて、これから何が出て來るかはよく知つてゐる。だがボタンを外すといふ身振りを大體やつてみるだけで澤山なのだ。誰でもそれに感動させられてしまふ。これが文學上の魔術なのだ。

文學上の自我主義は結局自己といふ役割を演ずることに在る。自己を自然よりも更に少しばかり餘計に自然ならしめるといふことに、卽ちかゝる觀念を抱く數瞬間前の自己よりも更に少しばかり餘計に自己ならしめることに存する。人は自分の衝動又は印象をば、一つの意識せる支持物を以て支へる。その支柱は常に人と意見を異にし、自己のみに依り恃み、特に覺え書を作りなどすることに依つて次第々々に自己を明白りと描き出し、その著作者の技巧の進歩そのものと相俟つて一作は一作と完成さて行く。斯くして人は無意識の裡にモデルとしてゐる所の創作の人物に自分自ら代つてゐるのである。我々が我々自身に行つてゐる觀察の中には、無限に自分勝手なものが這入つてゐることを絶對に忘れてはならない。

余はスタンダールがその自我主義の中に身を固く守るために、當時イタリーに見られた思ひ切つて獨創的なイギリス人達の或人々を屢々訪ねたとしても何ら不思議とはしない。これら英人達は常規を逸するといふことに非常に夢中になつてゐたが、又常規を逸するための主要手段も澤山持つてゐた。――卽ち、肉體。無聊。冷靜なる幻想。金。本質的の傲慢。誇らかに好んでその惡罵の對象としてゐる所の己が國民の威信。（その國民は敢へて衝當られることを嫌つてはゐないことをよく知りながら。） それらイギリス紳士達の彼に對する影響は、かなり激しいものであつたであらう。彼がこの世の中で一番に嫌つてゐたもの、即ち下賤なこと、儉約、あらゆる幻想の缺如、愚劣な、又は下劣な習慣、反感情的な、あらゆる道德、などを考へて見給へ――（世論の恐怖、失費の恐怖、自分の好きなものを愛する恐怖）――これらは彼がその幼年時代に手近く目擊し、默從し、冒瀆して來たところであつて、彼をしてグルノーブル及びあらゆるフランスの諸縣を厭はしめたものであつた。彼は傳統を、小都會を、地方的な誇りを科せられたる凡庸さを忌み嫌つた。彼が之に思ひ及ぼす時、自ら激怒して自我の島の島人と成り果てるのである。

當時、我等の時代の甚だしい新規なことゝして連想されてゐる所の、小祖國や村の鐘樓や死んだ事物に對する、かの遲蒔の愛護運動はまだ行はれてゐなかつた。又地方性や先祖の崇拜はまだ一向に復活されてゐなかつた。何となれば鐵道や近代經濟の無秩序な諸結果は、幾分かでも現實的な根の、幾分かでも深刻な缺乏を誰人かに感ぜしめるといふことが無かつたから。又之に住んだ者が尙常に甚だしく味はふことのなかつた所の半植物的な國家への懷鄕心は感ぜしめられなかつたから。

文藝時評

大澤比呂夫

雜誌といふものは現代のデパート的怪物だ。試みに中央公論二月號の目次に、一渡り目を通して見ると、「金再禁を批判する」「亞細亞モンロー主義批判」「國際聯盟に於ける滿蒙問題」「明治以後の婦人作家論」「犬養景氣はいつまで續く」「インフレーションの經濟的社會的效果」「私の見た大阪及大阪人」「應用科學近代明色」「レーニン獨探說」「弗買で儲けた者は誰か？」「第二次世界戰爭發端」「相撲爭議の勃發まで」「選擧買收物語」「原始社會の自殺考」「毛皮の寢室」「性を中心としたる佛教硏究」「函館病院」「文藝時評」「ソヴェート映畫大觀」創作には、「ファッショ」「途上」「抒情歌」「都邑秘帖」等々。何と驚く可き雜然とした多樣性であらう。改造にしても文藝春秋にしてもこれに何れも劣らぬ華々しさだ。凡そこれ等諸題目に共通した興味を感じ讀み通す者があるのであらうか？　若し讀み通す者があるとすれば私の如く餘程時間を持てあつかつてゐる男に違ひない。私の腦髓はこれら色々の題目のメランジュだ。最先端の經濟問題から原始社會の自殺の有無の問題、大阪人とパリの寢室、印刷職工小說と弗買で儲けた者の話、何と繰り返して言ふがその騒がしき出鱈目さよだ。此のデパート雜誌の中をば下は大衆文藝、中間讀物から上は政治經濟問題創作に至るまで眺め廻はして何か書かうといふのだ。眺め廻はしはしたけれど案外生き生きとしたデパート風景などゝいふものは見當らう筈もない。それで癪だから一捻り理窟を捏ねてその後で作品に文句でもつけて引き退らうと思ふ。

雜誌は一個の純然たる商品である。而してその內容は既に述べた樣に色々のものから成り立つてゐるのであるが、作品も亦充分重要なる一分子をなしてゐることは窺ひ知るに難くない。從つて作品も矢張り商品として一定の價格を持つて現前するのであつて、資本主義制度の下に於てはあらゆるものが商品化して表現せられるのだからこれも亦止むを得ない。本質的には作品が價格を有しやうが有しまいがそれ自身の價値（藝術――）に何の關ら筈がない。然しながら今では雜誌の中に載つて價格卽ち市場價値を體化してゐなければ我々の眼に觸れることは難しいのである。

さて我々が作品を讀んで受ける滿足は如何なるものから成り立つてゐるのであらうか？　記憶を通じて描かれてゐる對象をば認識する所の智的快感でもあらうか、或は創作の技能に共感する快感でもあらうか、或は亦作家の表現した存在との共感でもあらうか、恐らくその何れでもあらう。要するに作品を讀むと言ふことは、我々有機體の間に情緒傳達の意識的な然し間接的な手段を取ると言ふことだ。こんな抽象的な心理的な問題は論じても始まらない。要するに作品も一個の商品である以上我々の何等かの慾望を滿足させて吳れなければいけない。砂を嚙むやうな無色無臭無味といふやうな化學的分析表をもつたものは困るのだ。效用を必要とするのだ。效用といつても何には道德的放用を意味する譯ではなく、單に我々の慾望を充たして吳れゝばいゝのだ。アルコールだつて强壯榮養劑と同じく效用を有するのだ。その意味で效用を有つてゐればいゝ譯だ。何れにしても效用を有するといふこと、換言すれば何等かの意味に於て面白いと言ふことは小說としての第一條件だ。然し現在商品の形態をとり市場價値の高いものは大衆文藝であつて之は或は讀者を滿足せしむる點に於てはその數に於て他の何れにも優つてゐる。これは卽ち文藝作品が商品の形態は例へとつてゐても、一般商品特に生活必需品の樣に同質的な消費者の慾望を充たすことが不可能なる點にあるのだ。卽ち一部の者を藝術的陶醉に導く如き傑作も他の者にとつては、全然無視せられる程慾望の異質性が甚だしい。これは勿論學問上の著作の場合も亦同樣である、卽ち價値評價の尺度を全然異にするからである。そして特に注意すべきは、文藝哲學美術等の作品鑑賞の如き極めて高級な從つてそれ丈生活上必要の絕對性の稀薄な慾望を充す效用は一般商品の效用の樣に他の物を以て之に代位することの出來ないことだ。又他の物から影響せらるゝことの少いことだ。

一體ある商品の消費によつて得らるゝ滿足は多くの場合その商品の直接の消費にのみよつて得らるゝ如き錯覺を往々起すのである、恰も或る商品に對する需要がその商品の直接の價格にのみ依存してゐると思ふのと同樣なのだ。然しこれは間違ひで極端に言へば雜誌の購讀も、亦パンの價値に支配されると言つてよろしい。このことは後にして、人々の慾望には同一商品に依つて、滿足せしめらるゝ限り一定の限度があるものだ。尤も時間を異にせずに消費する場合のことは勿論である。卽ち或る種の商品を以て慾望を充足するに當つては最初の一單位は之を充たすこと最も多く漸次單位を增加するに從つて效用が減じて行くのだ通例だ。卽ち效用遞減の法則と言ふ奴だ。文藝上の作品に於て絕對的に同一なる作品などのあるべき筈がないから同一作品を單位づゝ消費するなどの事はあるべき道理がない。從つて效用遞減の法則の作用することに無い筈であるが、通俗文學に多く見らるゝ如く讀者の得る滿足が極めて類似的である場合にはその種の作品の持つ效用は遞減の度が著るしいといはなければならない。

一體物の需要と言ふものはその價格に依存すると同時に亦その需要も價格に反映するのである。これは自明のことだ。然しながら更に他の商品の價格にも依存するのである。例へばAといふ商品は價格Pの函數であると同時に他の多くの商品、BCD……Nの價格、Bp Cp Dp……Np の總任の函數なのである。即ちパンの價格が、雜誌購讀の價格に影響を及ぼす所故である。蓋し效用なるものが旣に同樣な性質を有してゐるからである。例へばAといふ商品を有し、Aの一單位から得らるゝ效用は此の單位の效用から直接に得らるゝところの慾望の充足程度に依りて定めらるゝかといふに決して左樣ではない。我々が生活する爲にはその生活程度の進むにつれて消費する商品の數量は益々多くなつて行く。今是等全體の消費財より得てゐる慾望の充足をばuで表はし、Aの一單位をば使用することによつてこのuに附加せられるところの新らしき慾望の充足をば du とする。この du はAの一單位の直接の使用から得られる充足とは等しくないのである。尙ほその他にAの此の單位と我々の有する他の財との組み合せから生ずら充足もある筈であり、亦他方に於てAの一單位の使用によりて妨げられるところの他の慾望の充足もある筈である。從つて du はこれら非常に複雜なる事情の下に於てのAの一單位の使用に依つてuに添加せられる丈の新なる慾望充足である。この充足が反映して始めてかのAの一單位の效用が認識せられるの道理だ。少し理窟ぽつくなつたが要するに前に言つた樣にパンの一定單位を消費して得る慾望の充足程度は單にパンの一定單位量の消費にのみ依存するのではなくてその他の條件即ち衣服及住居等の慾望を充たす一切の他の財の消費にも亦依存するのである。即ち各財の間には多かれ少かれ相互依存の關係が認められるのである。

文藝上の作品は果して之を鑑賞するにどうであらうか。例へ商品の形態は與へられてゐても之を消費即ち購讀するには、他の一般商品の消費と著るしき相違點が認められるのである。第一には生活資料等の如き物質財にその效果が甚だしい影響を受けることは極めて明かである。即ち生活狀態を異にする從つて同一人に對する同一作品の齊す效果は全然無視しても判然と相違のある可きは充分に想像出來る。第二には文藝作品は物質財の如く本來的な生活必需を充すのでなく、より多く情緒に訴へるのであるから精神的教養の總體に依存することは極めて大である。第三には文藝作品にして一度び與へられれば、その價格は之を讀過する際に我々の意識の場に追ひやられて終つて全然問題となり得ない。我々がその作品をいくらで購つたかはその作品評價と無關心である。我々が作品に對して拂つた價格の犧牲以上にその作品より滿足を得る場合にも——否既に價格の犧牲と言ふことは考へられてゐないのである。

更に次には數多の作品を繼續的に鑑賞する場合にはどうであらうか。作品の評價が前述の如く物質的環境や、精神的情緒的教養に制約せらるゝことは基本的のことであるが、實際の場合に於て個々の作品に對する場合には種々の作品をば繼續的に讀む場合と個々に時を異にして讀む場合とにはその評價の點に於て相違を來すべきは當然である。繼續的に讀過する場合には作品の效果が互に複雜に反映し合つて比較されるからこゝに再び相互依存の關係が認められる。亦更に詳しく言へば數多の作品を讀む場合にもその讀む順序に從つてそれらの效果に著るしい差異を生ずるであらう。

さても、さても隨分と愚かなことを述べたてたものだ。餘りに雜誌といふものが、デパート的なものだから、あれを讀みこれを讀みする中に以上の樣な考へがふと浮んで來た爲に述べたてゝ見たのだ。そしたら何だか嫌になつた。まあ二月號の作品のうち二三を拾つて短評を試みやう。

「フアツシヨ」 德永直氏の作品だ。表題はフアツシヨといふジヤナーリステツクな題名だか末組織工場と題する長篇の一部である。云ひ忘れたがこれは中央公論に載つてゐる。この前の部分が改造に載つてゐる。さてこの樣に改造と中央公論に卷頭創作として同時に發表されてゐる相當に長い作品を誰が讀んで面白いと思ふのであらうか。よく胸に手を置いて考へて見ても解らない。全く誰が感心するのであらうか。小說の內容は組織せられてゐない印刷工場が種々の苦鬪と蹉跌とを超えて組合の組織せられ行く過程を描かうとするものらしいがこの部分及び改造の部分を合せても未だほんの僅かの部分しか描かれてゐない。左翼運動に無智な職工が會社の合理化と勞働の著るしい强化とによつて次第に眼を開き、最後には型通りにオルグの活躍となるのである。一體小說といふものは必ず傑れたものであるかぎり、その作者が誰であるか無關心で居られる筈がない。如何に作者が組織の一員であり、イデオロギーや創作技術を制約せられてゐやうと何等かの個性が出てゐない筈はない。このフアツショは作者が誰であるか興味を與へるやうなものでない。

私は德永直、德永直、德永直、と口の中で三遍許り繰り返してみたがその特色はどうしても浮び上つて來なかつた、漸くにして私はこの素材のまゝとも云ふ可き少しも滋味のない筋書小說をとつおひつしてゐる中にはたと思ひあたつた。卽ちこれは「太陽のない街」

赤色スポーツの作者だ。パサ〳〵した報告書一體誰が小說として面白いと思つて讀むのか。も素材に對する興味からか。私はこの印刷工知つてゐる。そして私が印刷職工を知つてゐなければこの中に出て來るせいぜいテクニツクでも覺えて我慢も出來る。而し私は印刷工を詳しく知つてゐるのだ。寒夜の解版女工の手の冷たさも知つてゐるのだ。私はこれら職工達の苦勞を、勞働强化を思ふとき、書物は端座して讀む可きであるとさへ信じてゐるのだ。プロレタリア文藝の理論はもつとずつと先に行つてゐる。この樣な作品で實踐されては、理論のために氣の毒だ。こういふ作品は古い封建道德を今猶ほ鼓吹する大衆文藝の如くプロレタリアを樂しませることはしないし否顧みられもしないであらう。たゞ僅か少數の智識階級を蒼白く心ひそかに畏怖せしむるに役立つかもしれない。プロレタリアを敎育する爲にはこんな小說を書かないで平易な解說書をどうして書かないのであらうか。誰にも解る樣な論文を發表しないのであらうか。その方が餘程效果的であらう。最後に私は推測してみたのだ。から云ふ小説は他の目的即ち何等かの指令的機能を有してゞもゐるのではなからうかと。然し之もうがち過ぎて當らないこと勿論であらう。

次は嘉村礒多氏の「途上」である。私はこの作者の優れてゐることは隨分に前から聞き知つてゐたが心して讀んだのは先月の「七月二十二日の夜」であつた。次がこの人間業苦の「途上」である。何れも深く深く私の心を打ち私をしてこれあるかなこれあるかな！だから小説は止められぬと思はしめた程であつた。途上は前半の聊かゆるき語り草が後半の緊迫した咏嘆と反省の名文章に依つて後半の效果を一層高めてゐる。哀しき人間の持つ業苦が氏の通俗的ではあるが手嚴しき倫理盛の前に立たされてゐなゝきつゝ切迫した心情を訴へてゐる。而も隨分名文である。「瀨戶の火鉢のふちをかゝへて立つと手から辷り落ち灰や襖が疊いつぱいにちらばつた時の面目なさが新に思ひ出されてはあるに堪へなく、この五體が筒の中で搗き碎かれて消えたかつた。……」子を棄てる藪はないと言つて妻に逃げ出されて後は、ひとり冷たい石を抱くやうにして育つて行つてゐる子供を中にして、眞先に思はれるものは……」といふやうな文章は、いづこにあるのである。久保田萬太郎氏の所謂さわりある文章は珍らしくない。この作者の注意すべき點は如何に苦しくとも緊迫の度をゆるめずにいつもたとへせまくともかつちりしてゐなければならないことである。

次は同人坂口安吾氏の禪——あるミザントロープの話し——である。この中に描かれてゐる人物は皆歪められて異つた新らしい意識と感覺の中に生きてゐる。主人公の部屋を五つの騷面となつて煩はす所の各人物も、もやくくとした意識の通じておぼろげながらその實判然と描出される。それからの作者は話しのはこびと名前が極めて旨い。構成が考へられてゐるのである奇矞な名前も讀んでゆく中に人物と板について來る。とにかく深い意識の中の心緖の物語りだ。

次は同氏の「木枯の酒倉から」——註に曰く聖なる

醉拂ひは神々の摩手に誘惑された話――正直に白狀すれば私にはこの幻想的醉狂人の獨白なるものか解せないのである。讀んで非常に面白いのであるが美はしい心象以外に何か深いもの、否私には哀しい醉人の心境に片寄て語る茨の途すらも充分に理解出來ない程私の頭腦は硬化してゐるのであらうか。（私の曰く誤讀多く亦丁付けも二ケ所間違つてはゐる――）

　次は倉島竹二郎氏の「ひつくりかへつてゐる兄」だ私は始めてこの作者のものを讀んだのであるがしみじみとした佳作だ。殊に全般の兄を描いた部分は素直で氣持がよい。後半に至ると作者の古い人道的倫理觀がちらついてゐるので、又その倫理觀が肉身を批判してゐる故か通俗的で面白くない。殊に最後はあまりにこしらへもの丶盛じである。私は作者が三田文學の人であるからいはれなく金持ちのぼつちやか人だと思つてゐたらどうして〳〵素質豐かな貧乏作家だ。宜しく三田文學は原稿料を拂つて、作者に創作の餘裕を與へ給へ。

その他色々の人の作を讀んではゐるがもう倦きたからこれで擱筆。（終り）

イヴンよりクレイルに

(Poēmes de jalousie より)

イヴン・ゴオル

オルフェは臆病な豹を魅しました
瓜を隠した川獺を
ヒステリックな駝鳥を
四階までとどく鯨を
イビイスを
世慣れない蜥蜴を

けれどおまへは、あらゆるもののなかの野獣です
どんなポエジイで
わたしはおまへを感動させましやう？

★

なんとおまへは美しいのでしやう！

おまへの血管の赤い木のなかに
わたしの夢の鳥がとまつてゐます
そしておまへの大動脈は
宿命のもつとも大きい河です
おまへの肺は兩翼をひろげた鷲です
おまへの心臓の彎曲した湖の上を

遺瀬ないおもひの小舟が通ります
底知れぬふかみへ姿を映してゐます

なによりも美しい
おまへの頭よ！
つまくれないに彩られた菊の花が
推骨の莖の上に立つてゐます

★

おまへが眠つてから
わたしは月の臭化物にひろげました
おまへの眠のみどりのフイルムを
それからおまへの一日が逆に始ります‼

わたしは夜の壁のうへにみました
いくつもの顔が過ぎるのを
非常に美しいおまへの戀人の
わたしはおまへの失はれた口吻《づけ》を想ひました
おまへの取りかへしのつかない抱擁を
わたしはおまへの夢みてゐるおまへの生命をみました——
けれどわたしはおまへの咽喉《のど》を締めやしません
わたしはおまへが一日に何回も死ぬのをみたいのです

★

おまへの眼の靜かな海のなかに
わたしは綱を投げました
希望のあをい鰈をとるために

曙の鮭を
わたし達をつなぐ海藻を

けれども至る處にしけが
おまへの紺碧のふかみを展きます
そしておまへの心臓の皿のなかに
わたしは薔薇色の蛸をみます
虧けた月を
それからおまへの戀人の白い骸骨を

江口清譯

綠の魔

ド・ネルヴァル
岩佐明

I

惡魔の館

これは、ずつと昔巴里の町で、ヴォヴェル魔と呼ばれてゐた、或魔物のお話です。「ヴォヴェル魔のところ、ヴォヴェル魔のところへ行け！」すなはち、「シャンゼリゼエを歩いてこい」といふ意味の通り言葉はこの名前から出たものです。

使を頼まれた門番が、よく、「こいつあオヴェル魔のとこだ」、などと言ひますが、それは「遠方」の意味なのです。暗に駄賃をはづんでもらひたいことをほのめかしてゐるのです。――いや實際、これこそ巴里人が聞き慣れてゐる、はしたない言葉の一つでせう。

歴史家の言葉が正しいとすれば、ヴォヴエル魔といふのは、何百年このかた巴里に棲む、生粋の巴里人です。かの、ソヴアル、フェリビアン、サント、フォアなど、ヴォヴエル魔の亂暴な振舞を餘すところなく書き傳へてゐます。

はじめその魔物は、ヴォヴエルの館に棲んでゐたものらしく、それはちやうど、今の賑かなシャルトルッズ舞踏場のある所で、地獄町リユクサンブウルの外れ、天文臺道の向ひに當つてゐます。

この館は暗い噂に包まれ、見る影もなく朽ち果てゝしまひましたが、のち、ブリュー派修道院の一部となり、千四百十四年といふ年に、僞法王ブノア十三世の甥、ジャン・ド・ラ・リュンが、そこで死にました。このジャン・ド・ラ・リュンは、惡魔につかれてゐたといふ話ですが、それは恐らく、ヴォヴエルの館家付きの精靈だつたのでせう。封建時代には、どの館にもさういふ魔ものが居たのです。

かうした興味深い時代のことを、歴史家は少しも明瞭に書いてゐません。

ヴォヴエル魔がふたたび世の中を騷がしたのは、ルヰ十三世の時のことです。

その時分、古い修道院の材料を使つて建てたと云はれる一軒の家がありました。その家は何年となく空家のまゝだつたのですが、毎晩のやうに、夜になるときまつて、大きな物音が家の中からきこえてくるのでした。一晩や二晩ならいいのですが、幾日立つても止みさうもないので、近所の人達は脅えきつてゐました。

それが彼等によつて番所の役人の知るところとなり、數名の邏卒がむけられることになつたのであります。

ところが、疳走つた笑ひ聲に混つて、硝子のかちかち觸れ合ふ音を聞いた時、邏卒どもの驚きやうといつたらありませんでした。

これはきつと、にせがね造り達の亂痴氣騷ぎにちがひあるまい、とから彼等はまづ考へたのです。然し、音の様子では人數も大分多い様子なので、使者を立てて援兵を求めに走らせました。

來たのは一小隊です。然しそれでもまだ不充分なのです。中の騷々しさときたら、まるで一聯隊もあらうかと思はれるくらゐ……これではいかなる巡警にしたところが、先頭に立つて飛こむわけがありません。

やがて曉高近くなつて、相應の頭數が揃ふと、彼等は家の中に侵入しました。所が、何もないのです。

太陽は闇を散らせました。

捜索に一日も暮れかかる頃、人々は考へたのです。あの音はきつと、かたこんぶから聞こえて來たのだらう、と。かたこんぶと云へば、ほら、今でもあの邊の街の下にある穴藏のことなのです。

彼等はそのかたこんぶに入る用意をしました。ところが、警吏がその仕度をしてゐる間に、ふたたび夜になつてしまひ、例の騷ぎが、いつもよりもつとひどく始まつたのです。

今度は、誰一人そこに入らうとする者がなくなつてしまひました。何故かつて、穴の中には酒罎以外に何物もないことは明らかです、してみると中には惡魔がゐて、罎を踊らせてゐるのに相違なかつたからです。

人々は仕方なく、町の兩側にたむろして、坊さんに御祈禱を賴みました。

坊さんはいくつかのお祈りを上げました。人々は、霧吹きで以て、風穴から穴藏の中へと、聖水をふりまくのでした。

騷ぎはいつまでも續いてゐます。

II 羅卒

ものの一週間といふもの、この城外の町は巴里人でいつぱいでした。その人だちは、怖ろしくて仕方がないのですが、好奇心に驅られて、仲々そこを立さりませんでした。

とうとうしまひに、奉行職の一羅卒で、人一倍强い奴が、その不吉な穴ぐらへ、一つ入つて見やうと申し出でました。そして、彼は手當金の交渉をし、その受取人はマルゴといふ仕立女の名義にしました。

その男は素破抜けて强い男でしたが、一方女の事となると、氣を許すなり早く戀を感じるたちの男でした。彼は早くよりこの仕立女に戀を感じてゐました。その女は身なりこそ大さう立派でしたが、極端に勘定高い女でした。いさゝか慾張りとも云へるでせう。ですから、財産に見はなされた羅卒風情に身を委せる事など、てんで問題にはしてゐませんでした。

ところがこの手當金、それさへ入ればもう彼はもとの羅卒ではありません。

この思惑にすつかり氣をよくしたか、彼は、「自分は神であらうが惡魔であらうが、そんなものは信じない、あの音はきつと俺がとめて見せる」と、大聲に云ふのでした。

「ぢやてめえは何樣を信じるんだ」と仲間の一人が彼に云ひました。

「おれの有難いのはな」と彼は云ひました。「代官樣に巴里の御奉行樣だ」

僅かな言葉ですが、大變な言ひ草です。

彼は拔身を口にくわへ、兩手に短銃をかまへて、かたこんぷの階段を忍び降りました。

床《ゆか》に足をふれたとたんです、そこには異様な光景が彼を待つてゐました。

罎といふ罎が吾を忘れてサラバンドを踊り狂ひ、えも云はれぬ優美な振をつくつてゐるのでした。

綠の封印はみんな男達で、赤の封印はいづれも女達でした。

罎の棚の上には、管絃樂さへも出來てゐました。

空の罎はまるでラッパのやうな音を出し、われた罎はシンバルかトリアングルのやうに鳴り響き、そして裂《ひび》の入つた罎は何かしらヴィオロンの深い調子を出してゐます。

羅卒、彼は惡魔の征伐をやるといふので、既に何杯かのショピンに景氣をつけてきたのですが、みると其處には罎があるだけなのですつかり安心してしまひました。そして彼も亦眞似をして踊りを初めました。

さうした賑やかな光景に心を奪はれてゐると、羅卒の氣持も次第に引立つて來て、彼は、首の長い可愛らしい罎を一本拾ひ上げました。中味は白のボルドウ酒らしく、赤の封印がていねいにほどこされてありました。それを彼はさもうれしさうに、胸の中のいだきしめたのです。

そのとたんに、狂人のやうな笑ひ聲がまわりに起りました。膽をつぶした羅卒は思はず罎を落しました。罎は目茶目茶にこわれてしまひました。

踊は止み、絹を裂く叫び聲が、穴ぐらの四隅からきこえました。羅卒は、床の上を見ると、流れ出た酒が血の海のやうなので、そこに立すくんでしまひました。

足許には女の裸體が、ブロンドの髪を床の上に振亂し血まみれにして、横はつてゐます。

羅卒は惡魔そのものには少しも驚きはしなかつたでせうが、この光景には全く色を失つてしまひました。たゞもう仕事に格好をつけねばならぬ事だけに氣がつくと、目の前に彼を笑つてゐるやうな罎があつたので、それを小脇にかかへ、大聲に云ふ事には、

――まづこれで〆めたものだ！

すると、とてつもなく大きな笑聲が、それに答へるのでした。

その時にはもう彼は階段を驅け上つてゐました。そして、仲間にその罎を見せながら、叫んだのです。

「これが化物だ……入る事が出來ないなんて、お前達はよくよくのへなちよこである。(彼はもつと强い言葉を使ひました)」

これはかなり應へる皮肉でした。羅卒達は先を爭つて穴藏に入りました。しかし其處には、壞れたボルドウ酒の罎が一本轉がつてゐるだけで、他の罎はみんなきちんとならんでゐるのです。

羅卒達はそのこわれた罎を見て、一寸變な氣になりましたが、旣に勇氣を取返してゐた彼等の事ですから、みんな一本づゝ手にして階段を上つてきました。

上役は彼等にそれを飮むことを許しました。

奉行職の羅卒は云ふのでした。

「おれは結婚式までとつておくとしやう。」

奉行は、約束した手當金を彼に支拂はないわけには行きませんでした。羅卒は仕立屋と一諸になり、そして……

……

みなさんはこの二人が澤山の子供をもつたとお考になるでせうね？

彼等は一人の子供しか持たなかつたのです。

III それから

羅卒の結婚式はラペで行はれました。其日彼は、例の綠色の封印をつけた罎を自分と花嫁の間に置き、その酒を彼女と自分だけで飲むことに、大いに得意を感じたのであります。

罎はオランダみつばの樣に綠色で、酒は、血の樣に眞赤でした。

九ケ月經つと、仕立屋は小さな怪物をお產しました。體全體が綠色で、額には赤い角が何本も生へてゐるのです。

さあどうです、若い娘さんだち！……あのシャルトルウズに踊りに行けますか？……あのヴォヴエルの屋敷跡に！

ともあれその子供は、頭がちつとも進まないのに反して、圖體はますます大きくなつたのであります。双《ふた》親は二つの事のためにいつも途方に暮れてゐました。それは、體が綠色である事と、尻尾みたいな餘計なもののついてゐることでした。それも最初は僅か尾てい骨の突起にすぎなかつたものが、日の經つにつれてとうとう眞物の尻尾の形を備へるに到つたものです。

親だちは學者の處に行つて相談して見ましたが、學者達は、子供の命を賭けずには手術も出來ないといふのでした。そして、これと似た話はギリシヤの歴史家ヘロドタスやローマの小說家小プリイヌの中に出てゐるだけで實に稀らしい事だと彼等はつけ加へました。まだ當時では、フウリエの理論は仲々考へつかなかつた事と見えます。

ところで體の色の問題ですが、人々はそれを、膽汁質の勝ちすぎてゐるせいにしました。然し皮膚の色が餘りにも甚だしいので、それを薄くするために、いろいろの薬が用ひられました。かくして數多い液體を、つけてはこすりつけてはこすりしてゐるうちに、いつの間にか鱶の綠ぐらゐになり、綠の水ぐらゐになり、とうとうしまひに、青い林檎ぐらゐまでにこぎつけました。一時はまつたく白くなつて見えました。でも夜がくると同時に、又もとの濃い綠色に歸つてしまふのでした。

羅卒と仕立女は夜の目もねられない程惱みつゞけました。何故ならこの小さな魔物はますます吾儘に、怒りつぽく、そして意地悪くなつて行くのでありましたから。

この惱みが重なるにつれて、とうとうこの二人は、かうした階級にごくあたりまへな悪癖に染るやうになつたのです。彼等は放縱に酒を飲み始めたのであります。

羅卒はいつも赤封の酒に親しみ、仕立女はきまつて綠の封印を口にするのでした。

そして、酔ひしれて倒れる時、羅卒はいつも、あけ血に染まつた女の夢を見るのでした。それはあの穴藏で、鱶がわれた後に現れて彼を駭かしたあの女です。

その女は彼に云ひました。

「おまへさんは何故あんなに妾を抱きしめたの？　おまけに犧牲《いけにえ》にしたりして……あれ程お前さんに惚れてゐたこの妾をさ？」

かみさんはかみさんで、あんまり綠の鱶をやりすごすと、夢の中に物凄い形相の大きな魔物が現れ出て、彼女にかう云ふのでした。

「まあおれだからつてさう驚く事はねえぢやねえか……　お前は酒を飲むくせによ。　おれがおめえの兒の父親だといふことを知らねえのか……」

おゝ不思議ではありませんか！

十三の年になると、子供の姿は消えたやるに見えなくなつてしまひました。

彼の双親《ふたおや》は、氣持の晴れないままに、相變らず酒を止めませんでした。然し嫌な夢にはもろおびやかされずに濟んだのであります。

Ⅳ
この話の敎訓

神に背いた羅卒と、けちんばうの仕立女とは、かうして天の罰をうけたのであります。

Ⅴ
魔物はどうなつたか

それは誰も知りません。

マルレエネ・デイトリツヒ（ジヤン・ラツセエル）

阪丈緒抄譯

○幼少時代

ティーアガルテンのこんもりとした美しい芝生に沿つた騎馬道の、均した砂の上を、伯林衛戍部隊の士官達が馬を騎りまはしてゐたのは、もうかなりの昔だ。

伯林にはもう兵隊も、士官も居ない。此の都に殘されたのは、唯、ヒンデンブルグ大統領の館の入口に、番をしてゐる二人の役人のしやちこばつた巨きな姿だけだ。群衆は通りかゝりにこれを見て、殘念さうな顔をする。軍服の好きな——嘗ては狂氣の樣にそれを愛した——國民にとつて、これは全く輕少すぎるのだ。黑革の軍帽《シヤコ》をかぶつた巡査は、餘り見榮えのした格好でもない。あゝ、軍隊の勢揃《パレード》への壯觀は、昔の夢だ。

しかし、この物語の發端は一九〇〇年代のことなのだ。

この頃、制服を着た騎兵は芝生の周圍を驅け廻りオペラ、コミツクの障碍物を飛び越したり、婦人達に挨拶したりしてゐた。その婦人達はといへば、ギクトリアだの、カレツシユだのといふ四輪馬車に乘り、日傘を後光の樣にひろげて、髷を高く結ひ、小指をつんと立てゝ、大通りをパリゼルプラッツへと練つて行つたものだ。

　かうした婦人達は美しかつた。かうした騎兵達は慇懃だつた。明朗な服裝《みなり》、銀色に尖《とが》つた兜、庇に金や銀のモオルを飾つた軍帽、、勳章、馬の脇腹のすべ〳〵したしなやかさ、さうしたものすべてが、派手な、怡しい交響樂を、春の若葉の萠えてゐる樹々の陰に作り出してゐた。

「死の騎兵隊」の黑毛帽子《コルパツク》を頂いた若いディートリヒ中尉は、この散歩者の中にあつて、目立たない方ぢやなかつた。立派な騎手で、良いワルツの踊手で、陽氣な浮氣者の彼は婦人達を喜ばした。殊にその一人、彼が毎日ヰルヘルム街《ストラツセ》の流行のキヤンデストアで落合ふことにしてゐた一人の婦人の氣に入つてゐた。

　結婚がこれに續いた。ディトリッヒ中射は相變らず馬を騎り廻した。彼は若い妻を愛してゐた。妻も亦彼を愛した。典型的な家庭生活。最も熱烈な愛情の中に懷胎された子は最も美しいと人は云ふ。一九〇二年十月二十七日に、ディトリッヒ中尉とその新妻との間に儲けられ、やがてマルレエネと命名《なづけ》られた少女には最も輝かしい未來が約束されたわけだ。

　マルレエネの母はピアノが大變上手で、且つ良い聲で歌つた。かうした天稟を當然承け繼いでゐると思はれた其の女の子は、小さい時分から、或る師匠のところへ通つて、ピアノとヴィオリンを敎はることになつた。

　毎朝、マルレエネは、アルザス生れの岩乘な女中に付添はれてクルフュルステンダムの向ふへ音階を習ひに通ふのだつた。師匠は或る老孃で、同じく獨身の年老つた兄弟と二人で伯林の上流社會の小供達に御稽古事を敎へてゐる人だつた。

　マルレエネはピアノの音階を上げ、次にヴィオリンを持つて、もう一つの音階を上げると、また岩乘なアルザス女とクルフェルステンダムを通り抜けて、父と母とのまん中でお晝を喫べにかへる。そして、午後には、ちよつとした散歩の後で、英國女の家庭教師に委されるのであつた。

彼女はあまりはしやぐ方ではなかつた。天氣がよくて、おいたをしなかつた日の五時頃になると、母は彼女を訪問につれて行つた。何處でも彼女は大持てだ。

――まあ！　お可愛らしいお孃さん……あら、何ておとなんでせう……

實のところ、マルレエネはすこし拗ねて來るのだ。何人のお婆様に今日はをは云されることとか。皺だらけの濕つぽい唇で、何邊其の柔い頰をキッスされることか。彼女は小ちやな手を延ばして、この齡頃の小供としては不思議に太い聲で云ふのだつた。

――今日は、小母樣……

――さあさあ、と母は云つた、小母樣にキッスしてお頂き……

マルレエネは躊つて、唇を尖らせるのだ。

――キッスをしてお頂きなさい、とディトリッヒ夫人は云ひ張る。この小母樣ですよ、あの新しい良いお人形を下さつたのは……

――あたし、あれ嫌ひよ、マルレエネは答へる。去年の古いお人形の方が好きなの……

小母樣は可笑しさうに作り笑ひをなさる。マルレエネは何處かの偶つてに隱れることが出來るとやうやく拗ねるのを止める。しばらく經つ。呼ぶ聲がする。彼女は聞えない振りをしてゐる。が見つかつてしまふ。

――いらつしやいなお孃さん、そして何かお彈きになつて下さらない？……

――あたし、彈けないの……

――まあ何を云ふんです、マルレエネつたら。母は困り切つて云ふのだつた。

小娘は腰掛の上へおし揚げられる。彼女は濕つぽい接吻をするお婆様達が飽食する麪麭菓子をゆつくり食べてしまひたいのだが。しかし彈かなくてはならない……

マルレエネは訪問は嫌ひだつた。

それよりもスポーツを好んだ。馬の背に安全に座つてゐられる樣になると、父は彼女に馬術を習はせた。彼女も亦ティーアガルテンの騎馬道に姿を見せて、從卒が手綱を引く倭馬《ポネー》に乘つて走るのであつた。やがて混血英國種を、乘り廻すやうになつた。十五歳になつて、彼女はタツタアザルの調馬師を呼び捨てにし、暗い並木路を、速歩《はやあし》で從《つ》いて來る若い士官に笑顏を見せるやうになつた。

だが、それは伯林の士官達にとつて、もう昔のやうな素敵な時代ではなかつた。大戰が終つて、彼等の武器は取り上げられて了つた。或る朝マルレエネは一人で散歩道に居た。若い洒落者は姿をかくして、ディートリッヒ小佐は隱居した。生活は一層苦しくなつた。慰みにピアノやヴィオリンを習つたマルレエネは、やがて、生活の爲にそれを敎へなければならなかつた。

十月の或る日、マルレエネは障碍飛越をしてゐた。い〻加減な調敎をうけたアラビア種の馬は、垣根を飛び越さうとした途端によろよろとした。中心を失つて女騎手は落馬した。警官に助け起されて家に連れ戻されたが、彼女は右の手頸を蹄にかけられてゐた。

――半年位は、ヴィオリンを彈くことは出來ますまい。と手當てに呼ばれた醫者は云つた。お直りてなつても、頭低以前の通りには使へないでせう……

マルレエネは其夜を泣き明かした。彼女は別に決してヴィオリンやピアノが好きだつた譯ではない。しかし今それが出來なくなつて見ると、若しかしたら、自分は立派な音樂家になれるのだつたのぢやないかといふ氣がした。悲しみの總決算をした彼女は自分の生涯が駄目になり、生活がロオズ物か乃至は安物になつてしまつたと考へた。で氣を紛れさせやうと、家の人達は彼女に旅行をさせた。

マルレエネは文學好きであつた。貪る樣に讀んだ。リイマアルを見たいと考へた。彼女は此處でも亦視力を失ふ程に讀んだ。或る夜、素晴しい名文句にぶつかつて彼女は下着のまゝ化粧臺の前に立ち上り、我を忘れて其の臺詞《せりふ》を朗讀した。語葉の音樂に、夢中になつて、その韻律に引き込まれて行つた。かうして彼女は長い間朗讀をつゞけたが、終に、隔壁を打つ烈しいノックの音が彼女を默らせた。隣の室に居た男は――神學科の學生だつたが――舞臺藝術に理解を持つてゐなかつた。

マルレエネはしかし、此處に於て悟る所があつた。翌朝の汽車で伯林に歸ると、兩親への挨拶もそこそこにして、單なる面會人としてマックス・ラインハルトを訪れた。

――何の御用ですか、お孃さん、と此の偉大な演出家は尋ねた。

彼は、面會を强要して來た此の美しい乙女を見つめるのであつた。

――並居をやつて見たいと思ひますの。

思ひ上つた大根役者や、卑屈な崇拜者に取り捲かれることには馴れてゐた彼にとつて、此の訪問者の落着いた率直さは好ましいものだつた。

――それだけの御用ですか？　彼は大笑ひしながらさう云つた。

けれども彼女は笑はなかつた。

――え、それだけですの……そしてこれから直ぐにでも……

○シエイクスピアから、シカゴの
無頼漢まで

この時以來、ディートリッヒ家は平隱無事とはいへなくなつた。

今までは、マルレエネが彈く陰氣臭い音階や、ベエトオエンだのリストだのショパンだの、それから陶醉的な「青きダヌュブの流れ」の一くさりだのしか聽えなかつた家の中は、今や廊下も、寢室も、毎日のやうに、叫び聲や、嘆きの聲で鳴り響くのだ。

ディートリッヒ夫人が訪問客の相手をしてゐると、突然隣の室から物凄い歔欷のこゑが聞えて來た。

——まあ、あなた、とお客樣は仰有る。一體何ごとがはじまりましたの？

ディートリッヒ夫人は面を伏せた。

——マルレエネがお稽古をいたしとりますので。

——あゝ左樣で。相手はさう云つて唇をつぼめるのだつた。

會話が續行される。麪麭のお値段から、女中の惡口に言及して兩人はしばらくマルレエネを忘れる。するとと話のとぎれ目を狙つてゐた樣に喚き聲がする。

——……不倫と姦惡とのうちに、培はれし妾《わらは》のこゝろ……

客間の婦人達は身の毛もよだつ樣な氣がした。ディートリッヒ夫人は扉を開きに立つ。またしても悲しげな聲がきこえる。

——來やれ、わが子、來やれ、いとし子……

——マルレエネや、と老婦人は物靜かに云ふ。お前、お客樣にお茶をさし上げてお吳れでないかえ。

輝きと泪に滿ちた眼、震へる手、荒い息使ひに丸く盛り上つた胸。マルレエネはお茶を運んで來た。茶碗をハムレツトの髑髏か、それともサロメの持つヨハネの首のやうに扱つて、時には急須や、乳壺を、震へる手から滑らせたりした。

夜になると、果てしもないお小言だつた。

——舞臺になんぞ、出ちやならん。何といふ恥洒しだ。俺は決して許さないぞ。

——はい、お父樣。

——お前は名のある家の息女だ、芝居なんぞやつてはならん。それは恥辱だと云つてゐるぢやないか。親の言ふ事を聞かんか。そんなことは思ひ切つてしまふんだ。

――はいお父様。

人に聞かれない爲に、マルレエネは家《アパアト》の隅にある洗濯物室へ臺詞の稽古をしに行つた。しかしこゝでも、料理人の女から苦情が出た。女中はお孃さんの悲劇的なかすれ聲を好まなかつた。彼女は戸を二三寸開けて云ふ。

――お孃さん、そんなことよりも、何か編物でもなさつてらしたら如何なものでせう……

さうして、更に獨り言にいふ。

――あたしがあんな聲だつたら、一生涯默つてるんだけどねえ。お孃さんはとても奇麗な脚をしてらつしやるが、脚ぢや物は言へないものねえ……あゝ、あの脚ぐらゐのきれいな聲をもつてらしたら……

マルレエネは、マックス・ラインハルトのところへ行つた。

――何時、初舞臺が踏めますかしら。

――君は下地が出來てゐない……

――そんなこと、ありませんわ、充分練習してますの、と彼女は力無く反駁するのだつた。

しかし名監督は、もう聽いてはゐなかつた。六人の劇場支配人や、助手や、役者たちが彼をとり捲いてゐた。彼女は勇氣を取り直して、ありつたけのシエクスピアや、ゲエテや、ユウゴオの臺詞を心の中で繰り返す。聖い熱情。またお父様のお小言だ。

――まだ、ラインハルトの所なんかへ行つてるんだな？

はじめ否定して、やがて彼女は白狀した。こつそりと、お友達の家へ二日ばかり行つて來るといふことにして置いて、彼女は旅興行に出かける下端の役者達に雜つてハムブルグ行の列車に乗り込んだ。コーラスに出る爲だつた。彼女は、恰で舞臺に自分一人きりしかゐない樣に一生懸命で歌つた。

――聲が大きすぎるぜ、と仲間が云ふ。君の聲ばかしつきや、聞えやしねえや。

だが、ラインハルトは彼女を認めてはゐた。偶然どつかで會つたり、借金取りの催促が多少手をゆるめたりした場合には、よく彼女に少さな役を振つて働かして見た。毎晩劇場へ出かけて行く娘を見て彼女の母親は嘆息した。しかしこれも習慣の力で親達も段々默認する様になつた。だがマルレエネは苛立《いらだ》つた。素敵な成功を博して彼等の危惧を根底から打を壞してやりたかつたから。

ある午後、彼女が先生の所に行つてゐると其處へ電話がかゝつて來た。今度の新しい出し物の中の重要な役を演じる筈の役者が病氣になつた、替りを見つけなくちやならない。ラインハルトはマルレエネの方に向き直つて云つた。

――君、少しは踊れたつけね。

――えゝ無論。と悲劇女優は應へた。

それが支那語だつたにしろ、手品だつたにしろ、彼女は知つてると斷言しただらう。斷言して差支へなかつた。彼女は直ぐに何つちでも覺えてしまふだらうから。

――よろしい、ぢやあ、君は「ブロオドエイ」の中の大きな役を演るんだ。とラインハルトは云つた。

これは世界到る所で上演された亞米利加の脚本だ。場面はニウヨオクの木賃宿、無頼漢や、娼婦や、拳銃や、ジヤズや接吻が渦を卷いてゐる。マルレエネは其處で序幕の始めに暗殺されるギヤングの男の情婦になる。第三幕の幕切れに彼女は下手人の戀敵を殺してその男の仇を討つ。その間彼女は泣いて笑つて踊つて歌ふ。

さうしてマルレエネは、世に出たと云つていゝところまで漕ぎつけた。彼女は認められた。他のオペレツタにも出演を需められる様になつた。映畫さへ幾本かこしらへた。

しかしそれ等は決して彼女に大きな役を振りはしなかつた。マクス・ラインハルトの劇場のレヴイウでだつて、彼女は二枚目以上の役者であつたことは無い。幕間に出て歌つたり、ちよつとした舞踊を見せたりしてゐた。

一九二九年の、或る晩、偉大な監督、ヨセフ、フォン、スタァンバアグは、ヤニングス主演の映畫を作る爲にベルリンに來てゐて、偶々、彼女の出演してゐたミユウジツクホオルに入つた。席に着かうとした折しも舞臺にあらはれて叫んだのが彼女だつた。

――一等賞を取つて方の爲に萬歳を三唱……

彼は出口に待つてゐて自己を紹介する。

――僕の今度の映畫の花形女優になつて貰へませんかね。

さう云つて彼は、電燈の投げる光の下で、彼女のすつきりした顏だちと大きな眼とを見究めやうと身をかゞめる。

彼女は微笑む。

――よございますわ。

そして自分の得意と、今までに得た仕事の經驗のありつたけを說明しやうと試みる。妾は映畫は始めてぢやないんです、いゝえ、本當。これこれのフイルムに出演して、この位のことは知つてゐます、此の會社でも、それからあの……彼はさへ切つた。

――あゝ、そんなことぢやないんだ……貴女には多分まだ何もこれといつた仕事は出來ないんだ……

彼女は身を引く、少しむつとして。彼はそれを引き止める。

――なあに、僕がこれから敎へてあげるさ。

そしてまだじつと彼女を見据ゑる。番人が閉めに來た戸口の前には二人の他に誰もゐない小雨がぱら〳〵と降り出す。うす暗い中で、自分を探つてゐる視線を浴び乍ら、マルレエネは當惑して赤くなる。

――君の美しい顏は活きてゐる、アスタンバアグの低い聲がゆつくりとひゞく。……すばらしい、君はアメリカのスタア連中とは撰を異にしてゐるんだ、……君は三つ以上の表情をもつてゐる……

○青い天使

卑俗さと、殘忍性と、そして人好きのする可憐さとの何といふ恐る可き寶庫を、マルレエネは持つてゐることか。今度こそ始めて、彼女は置かれる可きであつた適所に置かれたわけだ。天啓だ。全世界が「嘆きの天使」を認めた。以前の映畫で彼女を見た事のある人にも、全く新しい、マルレエネ・ディトリツヒであつた。いや全く、マツクス・ラインハルトの金髪の弟子とは別物だ。黑レエスの胸衣を着けてすつきりと粉裝した女、そのゆく手には、短刀《どす》の切先か、さもなければポオトサイドの魔窟が待ちうけてゐさうな、此のハムブルグの港街の女は。

フロイドなら例の抑壓された慾望でこれを說明するかも知れない。嘗てはベルリン社交界の老婦人達の前でクレメンチのソナタを彈いてゐた少女の中に、何てまた思ひがけない悪魔がまぎれ込んでゐたことか。

ほかでもない。此の悪魔こそ俳優の天禀といふものなのだ。

○アメリカで

メトロ・ゴルドヰン・メイヤアのスタア、グレタ・ガルボは二年前からアメリカの、そして世界のスクリインの人氣を獨り占めにしてゐた。大衆の寵兒。澤山の雜誌は彼女の寫眞で、彼女に關する記事で、彼女の身邊の有る事無い事の噂で、そして彼女の書いた事や云つた事で一杯だ。

ガルボは、神祕だ。セツクス・アツピイルそのものだ。外國生れの彼女は敏感で、そして難解だ。ハリウッドといふ植民地の氣風には染み難く、感傷的な孤獨の內に生きてゐるらしい。といふのは傳說だ。彼女の演じる役から生じた傳說だ。人間と役者をごつちやにしたまでの話だ。

Ｍ・Ｇ・Ｍはかうした取沙汰を細心に育て上げる。ガルボのオディッセエは國際的興味を持つて來た。グレタは如何考へるか、戰債問題に就て、アインスタイン氏に就て、フジタの畫に就て。グレタは、何と云ふか、若しも……等、等。彼女と、契約した會社にとつて、グレタは資本だ、商號だ、鑛脈だ、金鑛だ。

ハリウッド大通りの向ひ側では、パラマウントがその花形を並べる。シュヴリエを擁立して、これをアメリカ第一の愉快な若い衆とも、世界一氣の利いたチヤアミングな紳士ともしてしまふ。だが女優がゐない。グレタに對して、一介のクララ・バウに何が出來る？何にも。まだ小娘にすぎない彼女はへまをやる、本氣にならない。よく噂には登るけれど惡い方の噂だ。權威がない。彼女にも亦セックスアッピイルありと、高い宣傳費を使つて吹聽するけれども駄目だ。手の下しやうも無い。グレタの世の中。

パラマウントは求める。會社の大株主達は待ち受ける、カリフォルニア好みに仕上つた金髪のヴイギング娘と太刀打ちの出來る女は出現しないものか。劇場といふ劇場を殘りなく探す。全く無名の女優達に、花形となる可き登龍門を開いてやる。試驗撮影のフイルムは徒に量むばかりだ。ロスアンジェルスの街にロオルスロイスを飛ばし乍ら會社の出資者の一人が美しく微笑する花賣娘を拾ひあげて撮影所へ連れて來る。

――この娘にセックス・アッピイルは無いか？

監督を呼ぶ、配光係が來る、撮影、映寫。いけないこの娘は可愛らしい、けれども『あれ』が無い。翌日は又別の娘の番だ。ハリウッド中が隊列行進をする。グレタガルボのすばらしい寫眞の飾つてある事務所でサムユエル・ゴルドキン――彼女の所有者――は手をもんでほくそ笑む。彼は諸新聞社の支配人に電話して廣告を註文する。

――我社には映畫の女王、フィルムの女帝、銀幕の女神あり……

澤山の雜誌の何噸といふ部數が亦ガルボの爲に使はれる。『グレタはどんな風にしてトオストを食べるか』――『グレタは猫がお嫌ひ。』さあ論戰だ。そんなことはない、グレタは猫が好きである。彼女は顏の筋《すぢ》を消さない爲に毎もサラドばかり喰べてゐる。彼女は失戀の故に毒を仰がうとした事がある……

パラマウントでは小田原評議が續く。或日スタァンバアグが歸つて來た。口數の少い男だ。寫眞を何枚か出して見せる。彼の作品「青い天使」を映寫させる。

――此の女優は誰だね。一人が尋ねる。

――マルレエネ、ディトリッヒと云ふんです。

――知らないな。

――始めて見た。

――聽いたことのない名だ。……

スタアンバァグは意味あり氣に笑ふ。

――識るのも、見るのも、その名を聞くのも、もう直きの事ですよ。

彼は次の作品に彼女を使ふつもりなのだ。

――ぢや何かね、Old boy、と顧問の一人が云ふ、君はこの女が、賣り出すと思ふのかね。グレタ以上の「あれ」を有つてると思ふかね。

スタアンバアグは肩をそびやかす。

――まあ呼び寄せてごらんなさい……

一同は寫眞を見直ほす。評議。素敵な腿と眼もつをてゐる。腕や胸の釣合は何うだらう。更に絶對至上の配光係を招じ寄せる。

――こんな女優と一緒に仕事をする氣が君達にあるかね？

この人達は照明器具の帝王だ。投光器の置き場所、低抗器の扱ひ方一つで名聲をぶちこはす力を持つてゐる。と同時に彼等が見込んだなら、ラムプやサンライトの光の投げ加減で、十枚目のワンサガアルを一躍スタアの地位に放り上げることも出來るのだ。

次に撮影技師や、メイクアップの係りが來る。一大會議だ。かうした連中はシヤァトスリイヴで、葉卷を咬へ乍ら熱心に議論する。サムュエル・ゴルドキンは其事務室から間諜を放つて事態を探らせる。報告が來る。新しいガルボ？　彼女の上に出るやうな女優？　もつと直裁に大衆の心を捕へる？　彼は笑つて、受話器を外すと、八方の友達にこの愉快な笑話を披露に及ぶ。


しかし皆の意見は賛成に傾いた。配光係も扮裝係も撮影技師も同意した。勝算はある。

偶々シナリオライタアの意見を求めると、奇蹟！　今度スタアンバアグが其の原作に據つて撮影しやうとしてゐた小說の作者ベンノ・ギニイはこの女優を識つてゐた。マルレエネディトリツヒ？　さうだ、僕はその女にバルチツク海岸で會つたことがあるよ。素直で奇麗な娘だ。

――ＯＫ、と支配人は云つた。會計係を呼んで吳れ給へ。

その男が來る。

――宣傳費の豫算に五百萬弗書き入れて吳れ給へ。新スタア、マルレエネ……

彼は、まだその邊に居たスタアンバァグの方へ向き直つた。

――かうつと、老少年《オールドボーイ》、何と云つたつけねその女優の苗字は。

*

ベルリンへ電報を打つ。スタアンバアグは此の靑い鳥を求めて船出する。マルレエネは電報の返事をよこさない。彼女はベルリンで樂しく暮してゐた。

或る晩、彼女は、其の住居に或る興行主の訪問を受けた。

——私はパラマウントから來た者ですが、と男は云ふ、電報をおうけ取りにはなりませせんか？

——えゝ、來てゐますわ。マルレエネは靜かに答へる。

使ひの男はじれつた相に彼女を見る。

——それで返事をなさらないんですか？

——えゝ。……私、アメリカなんかへ行きたくないんですもの。

——それは何うでもよろしい。スタアンバアグ氏は明日出發されます。お返事一つで何百萬弗といふことになるのですよ。こゝに六ケ月間の契約書をもつて來ましたが。

——でも、今申した通り私、外國へなんか……

——そのお話はまた後程うかゞふとして、……さうして貴方のお好きなだけのものと差し上げる筈です。

——だつて妾、此處でも契約を持つてるんです。他處へは行けませんの。

——契約取消金は當方でお拂ひします。……

——スタアンバアグさんは何と仰有るんですの？

マルレエネは云ひ足した。

——貴女を誘ひに來られる筈です。

彼女は其友の事を考へる、是非承諾しろと何んな眼つきで云ふかしら。始めて會つた晩、あの劇場の俳優出入口の前の薄暗い路次で「青い天使」のことを話しかけられた時のやうに彼女はどぎまぎした。この想像は彼女を幸福にする。無心に彼女は其の長い睫の上に面紗を下ろす。

——何時發てと仰有るの？

——明後日。

——明後日？

——えゝ。……貴女のフイルムは二週間以内に撮影を始める筈です。貴女一人を待つてゐるのです。

興行主は郵便局へ走る。ハリウツド宛てに交渉が成立したことを電報する。

待ちあぐんでゐた此の電報だ。恐らく彼女が直ぐに返事をよこさないからには、マルレエネは彼地でそろ〳〵人氣を得て來たのぢやないかしら。

支配人は、パラマウント系のすべての銀幕《スクリンイ》に「青い天使」を上映する事を命じる。受付窓では會計係りが宣傳費豫算の最初の手形に署名する――新聞廣告代百萬弗。

これがスタアトだ……

○マルレエネ對グレタ仕合

舊の通りグレタ・ガルボの寫眞を飾つた支配人事務室で、サムュヱル・ゴルドキン氏は、もう笑はなかつた。此の瑞典女の爲の宣傳費は充分殖やしたし、監督や顧問に命じて彼女の次の作品には、萬善を盡すやうに、莫大な費用を出しても此のスタアがその現に占めてゐる王座から一歩も下ることのないやうにさせた。しかも、「モロッコ」が封切されて以來、グレタの地位が押し下げられた事は否み難かつた。

出版物の上にその證據が現はれた。一つの雜誌が發言し、――「明日は誰れに？　グレタか、マルレエネか？……」審議會が始まつた。世間は自らその決定を與へやうとする。唯一の「謎の女」、唯一の「神秘の女」、そして唯一の「唯一の女」はも早唯一ではなくなつた。

サム・ゴルドキン氏は苛立つ手先で、事務所に堆高い雜誌をかきまはす。

――妾は此處へ來て淋しいんですの、と先日マルレエネは一人の記者に云つた。こんな所へ來なければよかつたのぢやないかと、妾時々思ふことがありますわ……

――しかし貴女の人氣は？

――妾にはベルリンに遺して來た娘の方が大事です

わ。此處の生活といつたら、とても騷がしくつて。それに何よりも、娘は妾が側に居ないのを淋しがつてゐますし……

サム・ゴルドキンは、これを讀んで、葉卷を嚙む口を意地悪く笑はせて、

——グレタの猿眞似さ。と云つた。

*

『出世してもマルレエネ・デイトリツヒは調子に乘らない、と人は云ふ。彼太は相變らず幽鬱だ。ハリウツドは彼女にとつて多少騷がしい。この街の人々は出歩きすぎる。彼女は招待される事を好まない。婦人達の話題といへば寶石のことにきまつてゐるから、とさへ彼女は云つた。

『——妾は獨りの方が好き、と彼女は云ふ。皆さん何方《どなた》も妾に親切にして下さるけれど、仰有ることは決つてますもの、「此の腕環を何うお思ひになつて？知り合ひの紳士からの、贈り物ですの。この指環は何う？　これももう一人のお友達から頂いたんですの。」おゝ……いゝえね、多分妾はあの方達とおなじみが淺いからなんでせう……』マルレエネは言葉が批評がましくなつたかと思つたらしくさう付け足した。

『彼女の住居を何う裝飾したら氣に入らうかと聞かれた時、デイトリツヒは

『——椅子が一つ、長椅子《デイバン》が一つ、それに若し出來たらピアノを一臺、それだけですわ。』と答へた。

『誰もが自分の耳を疑つた……何だつて？　……これほどの藝術家が、ラヂオも要らない、支那漆の家具も要らないつて？……彼女はその住居を、ポムパドウル夫人の居間そつくりに飾れとさへ命令しなかつた……この事は或る種のスタア達の、時に……仕末に終へない性格に慣れてゐた室内裝飾屋やその仲間には本當とは思はれなかつた。暫く經つてから彼等は此の女優が決して高振らないことの確證を得た。スタアンバアグ

指揮のもとに「ロケ」に出てゐて彼女は、撮影隊の全員と一緒に天幕住居をしなくてはならなかつた。『モロツコ』の場面は沙漠の近くだつたので、誰もが場所なみな不自由を忍ばなくてはならなかつた。役者達の身の廻りに手落ちのない樣に常に氣をつけてゐなくてはならない「小道具部」が忘れ物をやつた。で、最初の日に、デイトリツヒ孃の手もとには燈と手鏡が無かつた。彼女にそのことを注意された「小供」の一人は死に相に驚いた。彼女はそれを注意するのに、他の役者達がさう云つた場合にやり勝ちな樣に、怒鳴つたりなんかしないで、全く淑かに云つたからだ。この思ひがけない親切に感激して、その「小供」は爾來デイトリツヒに捧げるに『薔薇色の天使』の名を以てした……

何うです……衣裝部や道具方の會話の中で、大幹部のスタア達は普通、例へば、「猿」とか、「鵲」とか「風船王」とか「尾長猿」とかいふ渾名で呼ばれてゐる中で、「薔薇色の天使」は、全くアメリカ全州を隨喜させる。

こんな記事。ゴルドキン氏は幾晩かかゝつてそれを讀んだ。これを以てグレタ・ガルボの上に出るものとしてゐるのは愉快だ。ところが、彼女は其の取澄まさない態度で、更にM・G・Mの花形を日蝕させてしまふ樣な逸話を傳へてゐる。

『ガルボのやうに、デイトリツヒも口數が寡い。

『――妾は仕事を愛します、と彼女は云ふ。妾がメイクアツプして、他の人達のメイクアツプした顏の前に出る時、妾は不斷の妾とは全く別人になつて、我を忘れる事が出來ないのです。妾が小供の事を考へたり、夫の家や、雨の多い故鄕の事を思つたり、好きな音樂が聞きたくなつたり、それから、腕環や指輪の話なんかしない人達と一緒に居たいと思つたりするのは、それは妾が獨りつきりでゐるときのことですわ。』

これをきいたら虎でも泣くだらう。

これをきいて、ゴルドヰン氏は落着いてゐられなくなつた。一ダアスの映畫雜誌と買收して鳴物入りでグレタのフィルムを世に出した。「インスピレイション」、椿姬の拙い燒き直しだ。お向ひの小屋では「モロッコ」を五週間打ち續けたのに、「インスピレイション」はやつと八日間しか客足が續かなかつた。

この勝負だけでは、マルレエネの優勝だ。

○眼の前の彼女

確保された將來を持つて、デイトリツヒはハリウツドを去る。彼女は歐羅巴へ息をつきにかへらうとするのだ。

ニウヨオクで船に乘り込む前の晩に、彼女は記者達を招待する。例によつて彼女も來客達に、禁制のアルコオルを饗應する。顏ぶれは、日本、フランス、イギリス、ドイツ、瑞典、西班牙などの新聞社特派員達。めいめい彼女に質問する。かうした面會には彼女は慣れてゐる。嚴然と彼女は一同にこんな記事を書き取らせる。

『妾が最近ハリウツトでヨゼフ・フォン・スタァンバアグさんの監督のもとに撮影した二本の映畫のことについて悉しいことを云へと仰有いますのね。最初のは「モロツコ」と云つて、外人部隊の事を主題をしたものです。妾はこの中で、アラビア人のカフェに出る踊り子に扮して、あのカウボイ役者で一番人氣のあるゲイリ・クウパア氏の扮する佛蘭西の兵隊さんと戀をするのです。アドルフ・マンジウ氏をもう一人の相手役として持つことの出來たのを欣びます。仕事は隨分辛うございました。それは、本當のモロツコ程には暑くなかつたに違ひありませんけれど……

『X27の方は、又すつかり別なもので、これには、殆ど毎日、朝から夜中の二時頃まで、お晝の三十分間の外は全く休みなしに働きつゞけました。近頃の流行で、肥る事のお嫌ひな方達には一番いゝ生活法かと思ひますけれど、でもこれをお奨めするのは少し考へものでせうね。もつともこれは一つには妾自身の落度なのです。妾はね、クリスマスまでには何うしても家へかへらないではゐられないんですの。あの美しいお祭りを、樂しい家庭で迎へなかつた年つて今までに一度も無いのですもの。それに私の娘の誕生日もその頃にあたるのです。マリア・エリザベツト、あの子もさうすれば八つになります。でつまり、故國へ歸る前に映畫を作りあげてしまはなくてはならなかつた譯なのです。妾共にその爲隨分急がしい眼も見なければなりませんでしたけれど、でも、X27もさう大して皆さんのお叱りを受ける事は無いつもりで居ります。

『それから、「モロツコ」のお話のついでにもう一つ申しておきたいと思ふのは、あれが封切された時、合衆國に擴まつた不思議な噂のことです。「青い天使」の中の臺詞が面白くなかつたといふんで――それだけのことで――アメリカの婦人方は、妾の映畫をボイコツトしやうとなさつたらしいのです。ところが、それとまるで反對の結果が生じました。「モロツコ」が上映された最初の日から、數へ切れない程の讃辭の電報を、それ程妾に對して反感を持つてゐらした筈のアメリカの婦人方からさへ頂きました。こゝを以てみるとアメリカは大變卒直な國だと思ひます。歐羅巴では、愛情を示すとなると、お上手や禮儀に止めどがありません。そして一概に申せば、アメリカの方達には、嫉妬といふものがないと斷言出來やうかと思ひますの、……えゝ、映畫といふやうな社會でさへ然うなんですから、全く不思議ですわ。』

見るのと、――聞くのと、――その鐘の音は別だ。腕環を指輪の話しかしないからと云つてハリウツドの婦人達を嫌つた彼女とは、全く違つたマルレエネがあつた。

Jean Lasserre "la Vie brulante de Marlene Dietrich"

宿彈

鵜殿新一

鬱蒼とした私の自體に、季節のかぼそい風を含んで疼く（何か記憶の傷のやうに）疼く點が動てゐた。

凉秋、終風の日、私が展かふとしない窓を叩く、頻りに叩く音がした。

〈風、風、また今日も、また風聲が訪れて……〉

然し私の放心は、然し崩れてゐた。埃に固く骨張り窓を私は展けた。

……曇日の白い翳《かげ》が氾れ、何か故里の寂しい匂が流れ（霧に乗る病んだ蝶の）流れ……總て彼の聲が私の身體の奥深くに欲してゐた。

——君の體内を流彈が、流れてゐる散彈が、今心臓を狙つて 眞近い——

私は額を、何か 氾濫してゐる 額を抑えた。放心と放心と靜な眩暈《めまひ》と……

頻りに草の實の散る音がしてゐた……急ち曇天とただ草の眺望が僕の視野の中で旋回しだした。父父父の銃聲が蹦く僕の上を疾過してゆき、殪れた僕の身體を越えてゆくものがあつた。伸した四足と軋む鳴聲と……。眩く悲鳴を擧て僕の意識も逸走し去つた……やがて血腥い硝煙が、草を侵して殺到し、僕の居ない僕の身體を、重圍し……蹂躙したであらうこの記憶と父の散彈は僕から抽き取られてゐた。そして、僕の疼く半生が……。

眼を覆ひながら私は眼を覆ひながら

〈父父の……散彈、否……眞珠眞珠嗟、僕の凛けた眞珠……否眞珠〉

私は蒼ざめる私を嚴しく慰撫した。
然し脅えた人聲が除々に聞え初めた私は獨呟てゐた。
〈何處か、僕の内の何處かで僕よ、僕は狙れてゐる。狙れて僕は今、
眞近く……僕の中の僕よ……〉

遠く飆風の氣配が頻りし、尙も微かな人聲が聞え聞え、今冬の風を
孕んで激しく、今私の胸は疼きだした。

詩

關　義

I

ピアノ彈きは機織工《はたをりこう》です
僕はいつでも
秋の海の　泡だつた
ダンテルのテエブルかけを思ひだす。

2

花どきの痲畑、千百の小鳥が歌ふ。
僕は夢見る、僕は聞く、白い、泡だつた海の音。
悪い夢ばかり住む僕の心が、ものうい住居をそこに見る。
もうサイレンの歌もない、秋の海のリフレンを聞きながら、
長い眠りをむさぼらう。

3

あゝ薔薇の花

山鳩も、風も、少女もうたふべし。

恥もなく僕は描かう

新しいシャボンのための廣告に。

食べるためには、あゝ働くのです。

夢を掠める

西田義郎

煙が僕の血管の中を硬直して通るとき僕の睡眠は奪い去られる
あたかも醜悪な世相を見飽きない僕を責めるが如し
死の冷さが血管の壁を敲く
柱時計のタクトの下に

無情な戀人の執擁さをもつて襲いかゝる不眠の跫音　追はるる如し
逃げまどふ聽覺　脈管は不眠の廻廓である　廻廓はペルシセのハレ
ムの悅樂の苦味を追ふ　不眠は僕に悅樂の微笑をウヰンクする

惱みを消化する闇の漏過紙がフラスコの上に躍つてゐる
フラスコの底に落ちた僕と漏過紙の上に殘つた意識とが別人の如く
會記する
肉體は夢を奪はれて横たはる
夢を掠めて漏過紙は金蝙蝠《ゴルデンバット》だ

讃歌 （藝術への）

雨の細言き風の口笛小鳥のさへずり革命への靴音群集の息吹き
張り疲たされた電線を想像する思想の流訪ずれるであらふ燕の姿、
電線の上に、アクサン、テーギュを描いてゐる樂譜、エボナイトの
上に圓形を描いて走るベェートーベン
五分の針の先に生命が躍動する、心臓を脊後まで突抜しシンボニ
キ、そこに、夢が上衣を脱いで躍る、生命のステップを踏む、心臓
からシセンパンが花火を上る。ブラボオ！　ブラボオー
民衆はペーブメントを進んで行く、藝術を呼吸し、生命に觸れ、い
きなり手袋を脱いで生命を摑む
アッ！　僕達は墓石の下にゐる

レアの瞳

本多信

レアだ！　と思ふと、私はハツとして讀みさしの書物を閉ぢて立上つた。さつきから、たゞならぬ犬の吠え聲が、何處か遠くの山彦のやうに私の部屋に流れてくるのだ。うつたへるやうな怒りさけぶやうな、又悲しむかのやうなその聲にぢつと耳をすましながら、若しやと思つて私は呼びなれた輕い口笛を吹いたが、裏口には物音一つ聞えない、あたりは水底のやうにしづもりかへつてゐるのだ。レアだ！　瞬間背すじを走るつめたいものを感じながら立上ると、私は力一ぱい窓を開けはなつた、外は眞晝のやうな月光だつた。

見わたす麥畑はとうとうと月光にけぶり、起伏する丘陵の間にＳ字型の道は白くうかびあがり、街道ちかい櫟林の中を流れる小川の上で、月かげは鱗のやうにくだけてゐる。と見ると、その小川のほとりに滿身に月光を浴び白銀の獅子のやうに身をふるはせて小さな獸《けもの》が、さかんに水面の月に吠えたけつてゐるのだ。その聲は高く低く、水の如くすみわたる夜更けの空にこだまして笛のやうにひゞきわたつていつた。レアだ！　私はいきなり窓からとびおりると、裸足のまゝ裏木戸を越え畔道を横切り丘の雑木林を駈けぬけて、レアー！　レアー！　とさけびながら一散に小川のほとりへ走り出した。白く青く月光は朦々とあたりにこめて、野ばらの枝に麥の葉に、またさんさんとふる月光の竹林に、私の黒い影はもののけのやうに魚のやうに躍つた。やがて私は、刃《やいば》のやうに横はる小川のほとりに出たのである。

見れば、吠え疲れたものかレアは激しい呼吸にからだを波うたせ、だらりと舌をたらしてぢつと水面に見入つてゐる。レア！　とひと聲高く呼びながら私はレアの身近かに駈けよつたが、むつくり起き上つた彼は二三歩あとすざりしたかと思ふと、またもより高い叫びに首を振り小川のふちを吠え廻りはじめた。レア！　レア！　不覺にも私の聲はふるえてゐた。レア！　レア！　と叱咤し哀願するやうに私は彼を追つたが、レアは素早く私の腕の下をのがれて向ふ岸に飛び越えると、ふたゝび狂犬とおぼしき身振りをくりかへして、小川にきらめく月かげにするどい叫びをあげるのであつた。私はもはや夢中であつた、馬鹿！　と奴鳴る聲もろとも韋駄天のごとく丸木橋をわたり、雑草の繁みを踏み越え彈丸のやうにレアに襲ひかゝつた。だが、その時私の見たものは何か。何故私は、レアの前に樫の木のやうに棒立ちになつてしまつたのか。それはレアの瞳である。血相變へた私の様子を見ると、レアはつと身を退けて白銀の牙をかき鳴らし低いうめき聲と共に、ぢつと私を睨みはじめたのである。あゝその瞳の色こそは、その烱々と光りを放つ玉蟲色の瞳こそは、かつて私の知らない不思議なレアの瞳であつた。

その時、たゞろいでゐる私の前にレアは妙に悲しげな長い一吠えを殘すと、くるりと身をひるがへして空を行く一片の雲のやうに、小川のふちを、麥畑の中を驅けながら、やがて眼路はるかなくらやみの森に消えてしまつたのである。しばらく茫然と私はそのうしろ影を見送つてゐたが、堪らなくなつて憑かれた人のやうにレア！ レア！ と呼び叫びながら、靑白い月下の道を走り出した。

どこをどう歩いたのか、いつか私は見知らぬ長い街道に出てゐた。月かげは隅なく照りわたつて、靑い夜の街道は水のやうに果てしなく蜿蜒と私の前にのびてゐた。疲れよろめいて、何處へとあてもなく影のやうに私は月夜の道を歩いてゐた。すると、何處からか馬の蹄の音が聞えてくるのだ、ぢつと聞き入ると、どうやらこの街道をだんだん私の方へ近よつてくるやうな氣配がする、蹄のひゞきは次第に高まつたと思ふ間に、悍馬に鞭をならし街道の砂を霧のやうに蹴散らして髮ふり亂した一人の騎乘の靑年が、すでに私の身近く驀地に進んでくるのであつた。が見ると、その男の前を追はれる人のやうに一人の娘――それは、白衣につゝまれ羚羊のやうな足をもつた、この世ならぬ美女であつた――が、兩手を高くあげ救ひをもとめながら逃げてゆくのである。この奇怪な光景はたちまち私の疲れを奪ひとつた、私は夢中で彼等の跡を追ひ驅けたのであつた。卷きあがる砂塵の中に月光にひらめく蹄鐵をめあてに、また水の上を流れる小鳥の歌に似た美女の聲をたよりに、一散走りに街道を駈けたのであつたが、白衣の影も、蹄の音も、いつか晴れあがつた街道の砂塵の霧とともにいづれにか消えて、あたりは、ふたゝび數刻前のつめたくしづかな月夜の街道であつた。

小さな杉林をぬけ寢靜まつた一軒の百姓家の横を過ぎると、私はもうぐつたりとして一歩も進めなくなつてしまつた。やうやくと小さな流れのほとりにまで辿りつくと、私は兩手に水を掬んで渇きを癒しながら、いまさらのやうにほのぼのと照りわたる天上の月を仰いだのである。空も地もいまはまつたく一つに溶けて、あたりはこの世ながらの寂光土であつた。ものみなは石の如く默し、たゞ私の手を洩れる月光の滴が、ほそく遠く小鈴のやうにひゞきわたるのみであつた。私は流れの岸に腰をおろし、細くゆるやかな水面に眼をやりながら、ふと愛犬レアの身を思ひ起した。と同時に、思はず私は體をのばして小川の流れに見入つたのであつた、不思議にさつきから、白く美しい花びらの數々が夢のやうに私の前に漂ひ着いて、おのずと、やさしい圓を描きはじめたのである。それは月下に浮ぶ優雅な舟のやうにも、また高貴な花びらの珠數のやうにも見えた。

うつとりとして立上ると、私はふらふらと流れに沿ふて野茨の道を歩きはじめた、口のうちにレア！　レア！と呼びながら。

やがて、村はづれの橋のたもとまできた時、私の體はぎよつとして、木の葉のやうにふるえおのゝいたのである。見給へ、その橋の欄干にはいまのさき私が街道に見失つた二人の男女が、あの騎乗の男と追はれてゐた白衣の美女がむつまじげに語らひ合つてゐるのではないか。月光に豪快な笑を放つたくましい青年の腕の中に、白衣の娘は小鳩のやうに身を埋めて、月光に濡れた金色の捲毛をまさぐりながら、楽しげに身をふるはせてゐるのであつた。時々娘は顔をあげると、すぐ眼の前にたれ下る白い花びらをむしつては、面白さうに流れの上に落すのだ、それはひらひらと月光にひるがへり、やがて銀色の舟となつて川下へ流れてゆくのであつた。

私は樹蔭に身をよせて、ぢつと彼等を見守つたが、ふと月光にきらめいた娘の瞳を見たとき、思はずもあつと叫びをあげて私は雑草の上にくづ折れてしまつた。レアの瞳だ、レアの瞳だ、月下にむつ言をかはす白衣の美女の中に光るあの瞳は、あゝ私の知らないあの玉蟲色のレアの瞳だ。レア！　レア！　私の聲は次第にかすれ弱まりいつか私をつゝむ霧のやうな哀愁の奥ふかく、私は小石のやうに沈んでいつてしまつた。

素朴な愛情

多間寺龍夫

一

彼等は三つの財布を持つてゐる。その中の二つは禎三の物であり、後の一つは冬江の物である。

ある朝禎三は何氣なくこれ等の財布を机の抽斗から取り出して、その時丁度臺所で朝食の後仕舞に取りかゝつた冬江に氣付かれないやうに、そつと膝の上で中を検めて見た。

彼は先ず彼の物から始めたのだが、さて、黒革の彼の物の一つには、黄色く色の褪めかけた質札が亂雜に折られたまゝ臓腑《はらわた》のやうに詰つてゐた。も一つの紅革のシース型のには、取り殘された者のやうに五拾錢玉が一つ侘しく轉つてゐた。彼は微かに胸の顫へるのを意識して、（くだらない！）とわれとわが少年的な昂奮を嘲殺して見たが、それでもこの貧しい喜びをどう掩ひ隱す術もなく、何か大切な物を隱しでもするやうに、慌てゝそれを疊んで冬江のを調べ出した。彼女のは可成り値を懸けたらしくオレンヂ色の上革製で、粋なボタンの懸つたポケツトを胸に幾つも持つてゐた。彼は微かな期待を懸けて、丹念にそのボタンを外して行つたのだが、彼が見出した物は、彼と彼女がまだ戀人であつた頃彼にプレセントする爲に彼女が撮影した時の物らしい寫眞屋の領收書と、彼とは姓の違ふ冬江の印章《みとめ》とだけだつた。どの道その位のことだらうと思はぬではなかつたが、それでも幾分期待を懸けてゐたゞけに、彼は誰にともなく恥かしさで顏が赧らんで來た。

今更のやうに、自分等の貧しさに驚いた彼である。彼はふと、頭の上にぶら下つてゐる洋服のポケツトを、そつと下から臆病にゆすつて見た。チチリンと小錢の觸合ふ音が、微かに中で感じられた。彼は倘不安氣に二三度同じことを繰り返したが、それが錯覺でないことを慥かめると、急いで服に着換へして、呆氣に取られた冬江を尻目にかけて當もなく家を飛び出した。

2

外は既に黄昏れてゐた。

禎三はひどく疲れてゐた。彼は放心した者のやうにぼんやりと、窓外を流れる街の灯や、宵闇の底で黝んでゐる家々を眺めてゐた。軈て省線電車が中野驛へ近づいた頃、彼の疲勞は絶望に變つてゐた。彼には何時もより、電車が早いやうに思へてならなかつた。

彼の住居は驛から東中野の方へ八分ばかり逆行した線路際に在つた。彼は力なくうなだれ乍ら、今にも道端の家々がのし懸つて來さうな薄暗い窄い道を、自分の住居の方へ歩いて行つた。時々頭の上で、風を喰つて枯木がけだるく鳴つた。カサコロと足に絡み附く落葉が彼にはひどく煩さかつたが、何時しか彼の物思ひは、不快な一日の回顧へ鉛のやうに沈んでゐたのだつた。彼はその日の卑屈な自分を思ひ出して、思はずヌラ〳〵と額に滲んで來る肪汗を、不快げに上着の袖で拭き取つた。彼はふと、何かしなければならないやうな心の空虚を俄かに感じ出して、頻りと肩を怒らせたり眉根を寄せて見たりして、ペツペツと間斷なく道端へ唾を吐き棄てた。がそんなことでは、到底紛らせ相もない彼だつた。

その日――彼は彼の最も嫌惡する嘘までをさも實しやかに述べ立てゝ、幾人かの友人に哀訴したのだが、彼はそれ等の友人から、彼等自身の入費をくど〳〵と誇張たつぷりに聞かされたばかりで、結局電車賃をふいにした位のものだつた。こんなことだつたら、最初から何も嘘なんぞを實しやかに話すんではなかつたと、今更乍ら自分の愚かさが腹立たしくて、思ひ切り手前の石塊を蹴りつけて見たい衝動さへ感じない譯ではなかつたが、それも彼には所詮仕樣もないことだつた。

ふと彼は忘れる筈のない冬江のことを、愚かにも忘れてゐたことに氣がついて、すると譯なく頬笑ましさが込み上げて來て、彼は俄かに元氣を取戻した。クン〳〵と彼は二三度威勢よく鼻を鳴らすと、大股に別人のやうな勢ひで歩き出した。彼には刹那、明るくなつた自分が嬉しかつた。が彼のさう云ふ狀態も、永く續きはしなかつた。驟雨時の空模樣のやうに、再び彼の氣持は目に見えて滅入り出した。彼は冬江のことを眞劍に考へると、金の無い家庭を遣り繰りしなければならない若い主婦の苦衷が察しられて、やはり當惑せずには居られなかつたのだ。彼は彼の住居を間近に見乍ら、心ならずも力なく線路の土手へ轉がつた。彼があほ向けに寢轉ぶと、鈍い紫紺の空が彼の視野一杯に擴がつた。そこではそろ〳〵月の遊動が始まりかけてゐた。彼は不思議な物を發見したやうに――彼は元來さう云ふ質で、時々街を歩き乍ら自働車や電車が動くのを蒙昧人のやうにさも不思議がつたりするのだが――暫く月をうつとりと見凝めてゐた。がふと泥臭い土の匂ひと背筋に冷めたい痛みを感じて、慌てゝ背の土を拂ひ落して立ち上つた。すると前と同じ單調な風景が再び彼の前へ戻された。そこで彼は一歩する前に、（さて？）と先ず考へ込んだ。それと云ふのも彼にはどうも冬江が朝出た理由を知つてゐさうに思へて、何となく無收獲で歸ることが躊躇されるからだつたのだが、軈て（冬江は何も知らないだらう。よし知つてゐた所で、俺の失敗を非難する譯でなし）と自慰的な解釋を下して、こん度こそはと思ひ乍ら、誰にともなく一種威嚇的に肩を聳やかして歩き出した。

がらりと格子戸を押し開けて一歩玄關へ踏み込んだ彼の鼻先へ、冬江の明るい聲が飛び出して來た。禎三は遉がに思はず照れて、ふゝんと曖昧に笑つて見せた。冬江は彼が靴を脫いでゐる間に、背伸びして開け放された格子戸を閉め、（どれ）と彼が腰を起すと、待ち構へてゐたやうに彼の手を取つて、廣くもない部屋をぐん／＼と次の間へぴつぱつて行つた。そこには旣に用意の出來た食膳が、彼の歸宅を待つてゐた。

「あのねー、あたし今夜は貴方のお好きな松蕈御飯炊いたのよ」

冬江は何時になく上機嫌だつた。（さては此奴め！　俺の收獲を期待して？……）。禎三は早や妻の態度に不安を感じ、卑屈な笑ひで自分を武裝しやうとしてゐたが――ふと自身の賤しさに氣がついて、內心ひどく狼狽し乍ら、「ありがたう！」と努めて快活に強く妻の手を握り締めてゐた。

3

食後多江は床柱に背を凭らせ掛けて、窓越しに茫然と眞暗な下の原つぱへ目を遣つてゐた。禎三はその多江の肩へ抱くやうに兩手を掛けて、さてどこから此奴の脣を嚙んでやらうかと、ぢつと彼女の顔を見凝めてゐた。しかし彼女は何か思案顔だつた。

「あたし、ね、不用な銘仙の袷が一枚あるんですけど」

軈て彼女はこう小聲でぽつんと言つた。彼は思はずつり込まれて、「で？」と緊張した面持ちで問ひ返した。多江は暫く彼の視線の中でもぢ〳〵してゐたが、「質屋へ持つて行かうかと思ひますの」と弱々しく言つて、遣瀬なく肩で大きく一息呼吸した。彼は思はず胸を打たれたが、「馬鹿――馬鹿！」と心にもない言葉を荒々しく吐き出して、彼女の躰を二三度激しく床柱へぶつゝけ乍ら、「女のくせに質屋へ行くなんて生意氣だよ。それに銘仙の着物なんて、第一幾らにもならないぢあないか。ましてもう直ぐ冬だと云ふに。俺はね、お前がお前自身の品物をどう處置しやうとそんなこと一々干渉したくはないからさ、何も言やしなかつたまでなんだが、俺は隨分前からお前がダイヤの指輪を失くしたのも知つてるよ」と、別に俺が買ひ與へた指輪ではなく、こんなことまでこの場合持ち出すにも當らないことだとは思ひ乍らも、遂皮肉な口調で言つた。多江は彼の腕の中で、すつかり恐縮がつてゐた。そして「どうも濟みません」と詫びるのだつた。彼にはさう云ふ妻が堪らなくいぢらしくつて、で遂頬笑ましくなつて來るのだが、それを強いて我慢して、「別に俺はお前を咎めてゐる譯ぢあないんだよ。只質屋と云ふ所はね仲々便利でいゝ所なんだけど、さて入れた品物を出すと云ふ段になると、どうもおつくうになりがちで結局流質てなことになつちまふんだ。だからいゝかい？　決してつまんない料簡なんか起しちやいけないよ」と、（これはまるで俺自身に言つて聞かせてゐるやうだ）、と肚の中で苦笑し乍ら、彼は喩し氣味に言つてゐた。

冬江は「えゝ分つたわ」と心持ち頷いて見せたが、到頭禎三の懐へ顔を押し附けて泣き出した。彼は泣き欲る度毎に、恰も蠢く生き物のやうにひく〳〵と伸縮する彼女の白い襟脚を見凝めてゐたが、ふと激しい愛慾を感じて妻の躰を抱き竦めた。と泣いてゐた筈の冬江が、彼の懐から顔を持ち上げて、緊張しきつた彼の鼻先へ、ふゝふつと笑ひかけるのだつた。彼は豫期せぬ妻の不意打にすつかり面喰つて、何か穢い物を押し遣りでもするやうに、慌てゝ妻の躰を突き飛すと、次の間へ轉げ込んで、アッハ、アッハと照れ隠しに笑ひ出した。

冬江は心持ち泪で濡れた目を袂の端で拭き乍ら彼の傍へ寄つて來た。と彼は恰も彼女を輕蔑するかのやうに、クン〳〵と犬のやうに鼻を鳴らして態と取り澄ました。そして恐らく拾錢位しか入つてゐないであらう財布のことを莫然と思ひ遣り乍ら、「煙草が無い」と不愛相に言ひ放つてゐた。それでも彼が片時も煙草を離し得ない男であることを知つてゐるだけに、冬江は卒直に立ち上ると、中味の恐ろしく貧弱な財布を大事相に帶の間へ挾んで、匆々と出かけて行つた。

4

禎三は暫く心の中で、外の闇へ遠去かる冬江の足音を、莫然と數へてゐたが……急いで押入れの行李の底からオーバーを引き出して、其を小脇へ抱え込むと、風のやうに外へ飛び出してゐた。

間も無く禎三は、中野驛前の行きつけの質屋の暖簾を、我家のやうな氣安さで潜つてゐた。

「今晩わ」

「あゝいらつしやい」

彼と主人の視線が合つて、二人は親友のやうに微苦笑した。

「又無くなりましたかな？――でお品は？」

「例のオーバーなんだけどね……。二三日預かつて貰ひたいんだ」

彼は無雜作にオーバーをぽんと疊の上へ投げ出した。それを「鳥渡拜見」と、顏馴染の番頭が引き取つて、多分さうして見たかつたのだらう、一應オーバーの肌をなぜてから、恭々しく主人の手元へ差出した。主人は早速立ち上つて、オーバーを鳥渡擴げて見て、「まあさう二三日とは仰有らずに、なるだけ永くお預り致しやしよう」と禎三に笑ひかけてから、「何時もの通りでようござんすか？」と問ひかけた。で彼も心持ち笑ひ返して、「えゝ」と答へたが、どうしたはずみでか、次の瞬間、「おぢさあん、二三日したら、きつと貰ひに來るからなあ」と、柄にもなく力み返つてゐた。とは云へ、彼の聲には恐ろしく自信が無かつたに違ひない。

軈て彼は質札と五圓札を受取ると、驛前の賑やかな通りだけゆつくりと歩いたが、再び暗がりへ差懸ると、ふう〳〵と喘ぎ乍ら、夢中になつて、しつかりと札の入つた方の袂の端を抑へて走り出した。

慌たゞしく驅け込んで來た禎三を、冬江は暫く茫然と眺めてゐたが、思ひ出したやうに、「何處へ行つてらしたの？」と優しく問ふた。彼はそれには何とも答へないで机の前へ胡坐をかくと、はあ〳〵と肩で大きく息し乍ら傍の火鉢へ手を翳して、それでも態と取り澄ました表情で、「煙草は？」と詰問するやうにぢつと冬江の目に見入つた。冬江は鳥渡彼の彼を見て、二三度せわしく瞬きしたが、「はい」と、言つて、袂から彼の前へ『バット』を差出した。彼は凡そ威嚴そのもの丶やうな顰め面を装ほつて、彼はさうしてゞもゐないと、彼自身げらげらと笑ひ出して終ふ危險があつたからだが、煙草を冬江から受取ると、「おい、ココアでも入れないか」と相變らず不愛相に言つてゐた。彼女はどことなく異様な性格の持主である彼に逆らふことの不利を十分知つてゐたゞけに、しかもそのことが何等彼女を傷つけはしなかつたので、素直に臺所へ立つた。

禎三は冬江が去ると、急いで机の抽斗から彼女の財布を取り出して、今し方質屋で貰つて來たばかりの五圓札を忍ばせて素早くその場を元通りにすると、（これでい丶）と、獨りにや〳〵と笑ひ出した。間も無く冬江はココアを入れて這入つて來たが──彼は彼女を疊の上へ轉がすと、ふつふ〳〵と笑ひ乍ら、二人して廣くもない部屋中を轉がり廻つた。こんなことは彼等には珍らしくなかつたので、彼女は彼の腕の中で、「いやな人ね！」と鳥渡顔を顰めて見せたが、その實餘り厭でもなさ相な顔をして笑つてゐた。

間も無く禎三は床の中で──翌朝冬江が身の入つてない味噌汁を拵らへて、「あたし達ね、もう身を買ふお金無くなつたのよ。このおつゆはお汁だけなんですけど……」と、おず〳〵と彼の顔色を窺つたら、「あ丶い丶とも。……今夜はすると、醬油の茶漬けをガサ〳〵とかき込むことになるんだな。それも慥かにい丶體驗だらう。……だがね冬江、それぢあ一體お前の財布の中の、五圓札はどうなるんだね？」と煙に卷いてやらう。そして萬一彼が質屋へ行つたことが露顯したら、「それあお前、俺とお前の場合は立場が違ふぢあないか。だつてさ、俺は男だしお前は女なんだもの……」と朗らかに濁してやらう。それにしても何と頬笑ましい矛盾であらう——彼はこんなことや身の無い味噌汁のことだのを漫然と考へ乍ら、何時の間にか疲勞に乘つて眠つてゐた。

花見小路

若園清太郎

八年振りに、飄然と東京から京都に歸つて來た春吉は、京都に着いて、驛から祇園町の伯母の家への、ものゝ小一里もあるみちを、汽車に揺られてかなり疲れてゐるのにも拘らず、久方振りに京都の町の空氣に觸れた懐しさとうれしさから態と自動車《タクシイ》にも、うるさくつき纏つて勸める人力車にも、市内電車にも乘らずに、本を四五冊と旅行案内書とを詰込んだあとは齒磨と揚子と石鹸とタオルとが辛うじて入る折鞄を左に抱え、右手には伯母へ土産にする海苔の罐包を厄介さうにぶらさげ、恰も遠來の京都見物人がするやうに物珍しげにあたりにきよろきよろしながら、土産物を賣る店や旅館の多い驛前の通りから、珠數とか打掛とか位牌と云つた佛具類を賣る商店のずらりとならんだ町や、寺の塀ばかりが片側につゞく町や、仕舞屋《しもたや》や京呉服問屋の多くたち並んだ町などをぶらりぶらりと歩くのであつた。子供の時から何の目的もなしに町々をうろつき歩くことが無性に好きだつた春吉にとつて――この習慣は未だに春吉にのこつてゐたが――その子供のときと少しも姿を變へずに存在してゐる町の景物――例へばある通の町角にある古風な家の構えの菓子老舗とか奈良の大佛であれば恰度手頃かと思はれるやうな大きな煙管の看板を店先にぶらさげた煙管問屋の店とか創業安政元年と刻まれた古ぼけた看板を掲げた鹿子商とか、これはまた仁王像であればさぞかし似つかはしいと思はれるほどの大きな扇を軒先に吊りさげた扇商の店構へなどが、恰も彼の歸京を夕闇のなかに、無言のうちに迎へてでもゐるかのやうに思はれて、町々のあちらこちらで、ばつたりと幾度となく立ち留るのだつた。彼が手に京都地圖を擴げてゐなかつたから通行人《ひと》は誰も彼を京都見物人とは思はなかつたが、ある通の旅館の前を通りかゝつた時、彼の來るのを十數間も向ふから候《うかが》つてゐたもののゝやうに、その旅館の看板のかげから、いやに腰の低い、揉手をした引手男がひよいととびだして下品な顔をしながら「へい、手前は越前屋で！」と不意に慣々しく彼に近よつて來て、圖々しくも彼の持つてゐた折鞄に手を觸れやうとしたので、豫期してゐなかつたこの出現に彼は思はずたじたじとするのだつた。大きな圖體こそしてはゐるがかうした手合には全く臆病にしか振舞へない彼は、最初、この引手男にどう云つて斷つていゝかと戸迷ひするのであつた。關東人は物ごとに淡泊であるが關西人は實にねちねちしてゐる。しかもこんな引き手男と來たらそれに二つも三つも輪がかゝつてゐて全く仕末におへない。訊いてもゐないことをべらべらと喋り立て乍ら執拗くつき纏つて來るので、「僕は京都人《きやうと》だよ！」と彼が多少怒氣を含んで怒鳴ると、それと察したものか、引手男は俄に態度を一變し、わけのわからない捨科白を彼に吐きながら、ひよこひよこと柄杓取虫のやうな身振りをしながら戻つていつたので彼はやつとほつとした。「實に不愉快な奴だ！」　關東人と關西人！　今のあんな引手男は別として、東京人と京都人との間には實に感覺の相違がある。町を歩いてゐる人々にしても、ふと通りがゝりに純京都風の商店から洩れて來る人々の悠長至極な會話の斷片《きれはし》にしても、路《みち》で鬼ごつこをしてゐる子供達にしても、土地の相違と云ふものが、こんなにまで人間の動作から言葉から着物のきこなし具合までを變化させるものであらうか？（枯野に棲んでゐる兎が枯葉の色をしてゐるやうに、青い葉ぱにゐる虫がその葉ぱと同じ色をしてゐるやうに、人間もまたその住む土地土地によつて、その携つてゐる職業とか、その交際してゐる友達によつて、人間らしい保護色を持つてゐるものだ……。）ある青物屋の前を通り過ぎたとき、その店先で大根を整理してゐる若い衆と東京で時々目につく青物屋の若い衆との丸つきり異つた動作とを較べ合ひながら彼はふとそんなことを考へるのだつた。

　五條の大橋を渡らずに、高瀬川に沿ふ、柳のたちならんだ、夕闇の木屋町通りつたひに、ものゝ七八町も行つてから、ひよいと右に折れると、加茂川のせゝらぎが足の下の方にきこえる。團栗橋。橋の袂に、若い柳が川面から舞ひ上つて來る冷冷とした風にひよろひよろとたつてゐる。誰も通つてゐない橋の上を、白い犬が、尻尾を低くたれて、後をみいみい馳けてゆく。この犬の怖々走つて行く恰好が、彼に、今まで感じなかつた寒さを感じさせる。彼は外套の襟をたて乍ら橋を渡る。粗朴なこの木橋を彼は子供の時からひどく好きだつた。十八九の頃、別にこれと云ふ動機があるわけではなかつたが俳句に興味を持ち出して、さかんに俳句の本を讀み漁つた時、ふと「寒月やわれ一人ゆく橋の上」と誰かが讀んだこの句をみつけてから、彼はこの團栗橋が一層好ましく思はれるのであつた。この句が素晴しいものであるとは思はなかつたが、この句が持つてゐる雅致をこの橋はあるが儘に持つてゐるやうに思はれたからだつた。この橋の袂で、中程で、彼は欄干に凭れて、川面をつたつて來る寒風に頰を暴し乍ら、夜が低く下りた川上の景色をたゞ漫然と眺め入るのであつた。

　この橋を渡り、飲食店のいやに多くごたごたと竝んだ通を過ぎて、建仁寺の長くつゞいた塀に沿うた小路から祇園町に入ると、こゝには他の町とは全然異つた空氣が漂ひ流れてゐる。春吉が京都驛について、大勢の降客と一緒に、驛前の廣場に吐き出されたときは、日はすでに暮れてゐたが、西山のなかに高く聳えてゐる愛宕山の頂の彼方の、あかあかとした空に未だ名暮の名殘が滾れてゐたのであつた。が、途中で可成り道草をとつたためか春吉がこの祇園町に足を踏み入れたときはもう全く夜が二重に小路《みち》に落ちて、薄紫色のまじつた闇のなかに外燈の光が濡れたやうに浮び、白い格子戸のたちならんだ小路《みち》に婀娜しい歌妓《をんな》達や三味線函を抱えた小婢達がこぼれるやうにぽろぽろと歩いてゐた。京都の冬は、夜が訪づれると空氣が急に冷たくなる。その冷たい空氣をふるはせるやうにどこからともなく三味線が縺れ合つて流れて來る。花見小路。櫻咲く春の頃であれば、この邊、一力樓から歌舞練場にかけてのこの小路《みち》は「都踊り」の人達、さては櫻に浮かれたほろよひ氣嫌の人達で賑かであるが、冬の夜の花柳《はな》町はさすがに淋しい。カラカラと格子戸が開いて、大方、御座敷がかゝつたのであらう、粉飾をこらした歌妓《をんな》が「おゝ寒む！」と白い頂をすぼめ褄をとりながら出て來る。人口の傍に古めかしい行燈の灯をとぼし小粋な小料理屋の繩暖簾を邪魔けさうに搔きわけて出て來るお茶屋の小婢はいかにも寒さう。とあるお茶屋の二階の硝子障子に光明《あかり》があかあかとついて、そこに酒宴の影が三味線太鼓の陽氣な音と共に踊り浮かれてゐる。これはまた華客《ひと》がないのであらう、あるお茶屋からは錆びた音色の地唄が聽えて來る。恐らく、世を捨てた老妓の歌ふのであらうか。編笠に顏をつゝんだ夫婦者？の新内流しの姿。冬の夜、この祇園町で地唄の音やこの新内流しを見きゝするのはそゞろにものゝ哀れを感じさせる。この祇園町《まち》でその幼年時代と少年時代とを過した春吉にとつて、かうした祇園町の冬の夜の風景は、たゞ懐しさこそ感ずれ、今更目新しいものでもなんでもなかつたが、昨夜まで七八年も見續けてゐた、あわたゞしい、始終動いてゐるやうに思はれる東京の夜の風景に慣れた彼の目にこの祇園町の夜の靜かさが變に白々しく感じられてならなかつた。それは風景だけでなく、感覺に觸れる總てのものが一夜のうちにがらりと變つて、無關心に、寒さうな恰好をして歩いてゐる行人《ひと》はみな奇妙な暈《ニユーンス》をひきづつてゐる。そんなことを注意して歩いてゐると、春吉は彼の姿が何だかこの風景にそぐはないやうな氣がして、夜ではあつたが、どこかからこの暈《ニユアンス》のマルッキリ異つた彼の姿をもの珍らし氣にじろじろと凝視めてゐる誰かを感じて、恥かしくなり、急に步度を速めるのだつた。

ちよつと見ると何處か田舍の郵便局と云つた感じがする、赤い外燈をかゝげた、軒《のき》の高い、朱壁の檢番のある町角を右に折れ、素竹の格子と白木の格子と紅殼塗の格子の表構の、萩の家とか竹何家とか菊何樓とかと花の名前が莫迦に多くみうけられる外燈をとぼした家々を、春吉は一軒一軒拾ひ讀みするやうにものの十五六間も行つてから、松水と外燈のついた白木の格子づくりの家の前に、釘づけにされたやうにたち留つた。素竹の格子戶の上に、君龍とか君何とか君何とかと頭に君ばかりがついた藝者達の名が木札に書かれて、それが行儀よく五つ六つもならんだのをしげしげとみつめてから、安心したものゝやうに、彼はぐいと折鞄をかゝえなほし、右手に持つた海苔の鑵包を、折鞄をかゝえた左手の人差指にうつし、心持顫える手でカラカラと輕い音がする格子戶をあけた。(誰が先づ出て來るであらうか?)とそんなことを考へると恰も珍しい見世物を見る前の子供のやうに彼は變に心がわくわくした。永年すんだ伯母の家とはいへ、七八年振りに、しかも突然伯母に何の豫告もなしに歸つて來た彼であつたから、その儘づかづかと內部《なか》へ入るのが何だか氣恥しいやうな氣がして、表の間の前の、隅に棕櫚を植えた三和土の上にたつて「今晚は!」と云ひ乍ら人が出て來るのを待つた。七八年のうちにみちがへる程大きくなつてゐる棕櫚、子供のとき、その葉が天狗の持つてゐる扇に似てゐるので欲しくなり、伯母のゐないときに剪で切り伯母からひどく叱られたことの思ひ出が彼にあつただけに、彼はこの棕櫚が、生きもの丶やうに感じられて、懐しかつた。

格子戸があいた音をきゝつけたのであらう、鰻の寢床のやうに細長い家の奥から、三和土の上をカタカタカタと利休下駄の音をあわたゞしくたて乍ら、しゆんしゆんと長火鉢の銅壺が音をたてゝゐる臺處と彼がたつてゐる表の間の前の三和土との境にたれた、桔梗の紋を染めた暖簾をかいやりながら、頰の赤い、小さい頭に田舍相撲の關取りのやうな髷をチョコンとのせた小婢がぬつと顏を出した。ベロアの帽子の緣をたらしてま深にかぶり、黑つぽい外套に、こわきに折鞄をかゝえてゐる五尺七寸に近い大男がそこにつゝたつてゐるのを見て、彼女は餘程奇異に感じたものらしく、きよとんとたちつくしたまゝ、豆鐵砲をくつた鳩のやうに、目の玉をパチクリさせ乍ら、暖簾の端をいぢくり（彼女はこの暖簾の端をいぢくつてはよく女主人に叱られ《もしまた今度いぢくつてこの暖簾をよれよれにすればその罰としてお灸をすえられる》と云ふことを忘れてゐた程彼女は茫然としてゐた）暫くは聲もなく固唾をのんでゐる。この時、もし春吉が「伯母さんは？」と聲をかけなければ、それと殆ど同時に臺處から「お梅どん、どなた？」と誰かの聲がしなければ、このお梅どんとよばれる小婢は恐らく暖簾のところでいつまでも石化してたちつくしてゐたに相違ない。それを不審に思つたのであらう、小婢の後から下駄をひつかけて出て來たのは梳髮や、伊達卷をしめ、その上から羽織をひつかけた、風邪をひいてゐると見え、咽喉を繃帶で濕布してゐる、艶のない顏をした若い藝者だつた。木乃伊とりの木乃伊ではないが、暖簾をいぢくつたまゝそこにたちつくしてゐる小婢を後へおしのけて出て來た彼女も、何處となく京都人とは異つた暈《ニュアンス》を持つた、見慣れない青年が帽子もとらずに薄ぐらい電燈《あかり》の下に、無躾につゝたつてゐるのを見て變に思つたらしかつたが、春吉の視線が彼女の顔から襟許にうつるのに氣づくと、ハツとして、だらけた襟をかき合せ乍ら「あの、どなたです?」と客商賣の躾から、不審な面持を態と捉へどころのない笑顔につゝみかくしつゝ尋ねる。女達の彼に對する態度のなかに不審さうな面持があるのに氣づいて、彼は、

「伯母さんは? 東京から春吉が來たつて、傳えて下さい。」と云つた。

この藝者はそれでも未だ解せなかつたやうだつた。(この青年《ひと》は家をまちがえて入つて來たのではないかしら?)とでも思つたものか、彼女の傍にまた首だけを暖簾の間から出してきよとんと春吉をものめづらしげにみつめてゐる小婢をちらつと目でたしなめてから、なほも不思議さうに彼を見續ける。

かうして二人の女からもの珍らしげに、胡散くささうな視線《めつき》でじろじろとみられると、彼は(家のつくりの殆ど似かよつたこの邊の家であつてみれば、それに七八年も東京にゐた自分のことだから、ひよつとすると錯覺か何かで隣の家と間違へてこゝへとびこんで來たのかも知れないぞ。)とそんな氣もしたが、この三和土の棕櫚と云ひ、この桔梗を染めた暖簾と云ひその暖簾のすきまから見える見覺えのある臺處の調度品と云ひ、この家に十五年ほども住んでゐた彼がその記憶を忘れる筈がなかつた。

恰度その時、その日の晝頃から二人の小婢を手傳はして、夕食もろくろくせずに、裏の納屋で、いくつもの樽に大根を漬けてゐた、この家の女主人《をんなあるじ》、春吉の伯母が、やつと今その仕事を了つて、カンテラをさけた小婢を先にたて、糠の入つた大きな笊《ざる》を持つた小婢を後に從へて、彼女は糠と鹽だらけになつた手に鹽の壺をかゝえ乍ら、鰻の寢床のやうに細長い家の奥の納屋から三和土づたひに臺處に來たところだつた。

「あゝあ、みんな御苦勞どした。さあさ、今夜は早うお休みやすや。」と小婢達に勞《ねぎらひ》の言葉をかけ乍ら、大儀さ

うに鹽の壺を臺處の框の上におき、「ほんまに脊中が棒のやうになつて了ふた、一日中、中腰でゐたので」と云ひ乍ら流し元で糠と鹽だらけになつた手を洗ひはじめる。小婢達にとつて、彼女の「さあさ、今夜は早うお休みやすや。」と云ふ言葉は珍らしいものに聽えた。年が年中、朝はくらいうちに起きて、夜おそくまで殆ど休みなしに働かされる彼女達の最もつらいことは「ねむたい」ことだつた。彼女達の最も大きな希望、「藝者になりたい」と云ふその希ひのうちには、藝者になれば美しい衣物がきられると云ふことや、客につれられて芝居を見にいつたり、いろんな處へ遊びに行つたり、美味いものが食べられることなどを想像して「早う、私も藝者になりたい」と一づに希ふのであつたが、また彼女達は藝者達が彼女達より朝おそくまで寢てゐられると云ふことがたまらなく羨しかつた。居睡りすれば女主人から長煙管で頭をこつんとたゝかれた上、叱られることを彼女達は百も二百も承知してはゐたが、睡魔には勝てず、柱なんかに凭れてこくりこくりと居睡りをしてゐると、こつんと女主人から煙管でたゝかれた上散々叱られるのだつた。それをさけるために彼女達はめいめい居睡り場所を持つてゐた。年上のお竹どんとよばれる太つちよの小婢は裏の納屋の中に、彼女より一つ年下の、胡瓜のやうに細い身體をしたお夏どんは二階の蒲團を入れた押入のなかに。然し、彼女達のこれらの隱れ家は兩方も絶好のところではなかつた。お竹どんの隱れ家である裏の納屋は第一不潔でそれに漬物から發散する異樣な臭氣が彼女をたまらないものにした。それに比べるとお夏どんの蒲團の押入は實に居睡りをするのに好都合だつたが、女主人が時折、この押込へ蒲團を出し入れにくるので、仲々警戒を要した。一度など、恰度お夏どんがこの押入でこつそり居睡りをしてゐたときガラリと戸が開いて、その時彼女が突磋に積み重なつた蒲團と蒲團との間に巧に身を沈ませたからよかつたものゝ、若しぶまに女主人に發見されてでもゐたら、それこそ大變、恐らく彼女は暇を出されてゐたに相違ない。

それが今日は公然と「早く寝てもいゝ」と云ふ許《ゆるし》が出たのだ。彼女達は、どれ程よろこんだことがしれない。がみがみと小言ばかり云はれるために、いつもは怖い人だとばかり思ひこんでゐた女主人ではあつたが、このときばかりは「いゝ人だ！」と彼女達は思はずには居られなかつた。そして、お互は心ひそかに（こんどから、もうかくれて居睡りなんかすまい）とかたく心に誓つた。この小婢のうちで、お夏どんはお竹どんよりずつと悧かしこくて、なかなか要領がよかつた。今、女主人が糠と鹽だらけの手で柄杓をとり手を洗はうとしてゐるのに氣づくと、お竹どんをだしぬいて、流し元に近づき別の柄杓で女主人の手に水を流すことによつて女主人へ忠義だてをするのだつた。（おゝお、お夏どんは小さいけどよう氣がつく）さう云ひ乍ら手に水をかけて貰つてゐる女主人の言葉をきくとお竹どんは彼女をだしてぬいて要領よくふるまふお夏どんをいまいましく思ひ、そしてかうしたことが女主人にますます彼女が頓馬であることを思ひこませるであらうことを思ふと彼女は少なからず小さい胸を痛めるのだつた。だが天は彼女だけにつらくは當らなかつた。と云ふのは、彼女はお夏どんより先に、表に誰か客が來てゐるのを發見したのだつた。

「誰か、ひとが來てやはるやうどつせ！」彼女はお夏どんが同じやうにそれをみつけて女主人に云はうとしたのを先駈して女主人に云つたことに得意だつた。事實、彼女のこの言葉は女主人の考へてゐたことを轉換させるのに役立つた。女主人はお夏どんに水をかけさせ乍ら（お夏はよく何事にも氣がつくが、このお竹はほんまに仕様がない）とそんなことを考へてゐたところだつたのだ。お夏どんは、いまいましい目付でお竹どんをみやるのだつた。

春吉と應對してゐた若い藝者と小婢は女主人が、臺處から前掛で手を拭きふき出て來たのに氣づかなかつた。

「どなた？」と女主人の聲が耳の後でしたので、小婢はあわてゝ暖簾から手を放し、藝者は藝者で《まあまあ、だらしのない、そんな伊達巻姿で表に出たりなんかして！》と女主人から小言を云はれやしないか？と氣づかつて、素早く女主人の顏色をちらつと覗ひ乍ら、女主人に氣づかれないやうにひつかけてゐる羽織を、盜人のやうな動作できちんと着なほした。客の方ばかりに氣をとられてゐた女主人は彼女達のかうした動作には少しも氣づかなかつた。

折鞄をかゝえてゐる春吉を見て、女主人は「稅務所の役人ではないか？」と突磋に思つたが、稅務所の役人が夜出て來るわけもなし、それとも保險會社員か銀行員かとも考へてみたが、どうもそれにしては變な暈《ニュアンス》を服裝のいたるところに持つてゐることが彼女には全く合點が行かなかつた。

「やあ！伯母さん！」伯母の姿を見た春吉は親しげに勢ひこんで云つた。だが、この春吉の親密な言葉の調子は彼女を更に不可解にした。東京にゐる甥がかうして突然歸《かへ》京つて來るとは夢想だにも思はなかつたし、彼がこんなに大きくなつてゐるとは彼女の想像もつかないことだつた。「伯母さん」と云ふ言葉が彼女に「をばさん」ときこえて、（これは若しかすると地廻りの博徒《ばくちうち》でねだりに來たのかも知れない）と想像して、（實際、これまで、よくかうしたことがあつた）わざと何氣ない風を裝ひ乍ら「一たい、あんたはんはどなたどしたいえなァ？」と言葉に充分の注意と警戒を拂ひ乍ら云ふ。彼女のこの言葉は、春吉の全く豫期してゐなかつたものだつた。女主人の後から暖簾ごしにこの樣子を見てゐた若い藝者と小婢は（やつぱり、この青年《ひと》は家を間違へて入つて來やはつたのやは！）とお互に目と目とで合槌をうつてゐる。

伯母から博徒《ばくちうち》の嫌疑をかけられてゐやうとは夢にも思はなかつた春吉は（さうだ、もう七八年も會はないんだから、彼女は僕が誰だかわからないんだ）とやつと氣づいて、

「伯母さん！　僕ですよ！　東京の春吉ですよ！」と帽子を脱ぎながら、親しげに笑ひ笑ひ云つた。

彼女はやつと彼に氣づいた。

「まあ、まあ、あんたは春さん！　大きおなりたので私《うち》すつかりあんたを見ちがへて了ふた……」と仰山さうに奇聲を發し乍ら兩手を大きく擴げ、彼女の視線を彼の頭の先から爪先まで幾度も往復させ、「ほんまにようお歸りた、さあさ、そんなところに他人《よそのひと》のやうにたつてないで、こちらへお入り！　ほんまにようお歸りた、そんなやつたら、電報でもおうちたら誰かを驛まで迎へにやるのに」と云ひ乍ら彼の持つてゐる折鞄と海苔の罐包とを彼からひつたくるやうにとると、それを後にぽかんとして立つてゐる小婢に渡し、あらたまつて挨拶をしやうとする彼を「そんな水くさいこと！」といや應なしに彼を臺處へ招じ入れた。

伊達卷姿の若い藝者はいつのまにか、きちんとした着物を著て長火鉢の前に座つてゐたが、臺處に入つていつた春吉の視線とぱつたりと遭ふと、さつきの彼女自身の振舞を恥かしく思つたのであらう、蒼ざめた顏にもかゝわらず、顏をパツと赫くし、春吉が框に座つて、伯母と二人の小婢とが春吉の靴をぬがすやら、外套をぬがすやらするのを見ると彼女も框のところに出て來て、伯母に手傳つて春吉の外套を脱がすのであつた。

かうして四人の女から靴をぬがされたり、外套をぬがされたりすることに彼は滿更惡い氣持はしなかつたが、東京での生活で、全然こんな經驗がなかつただけに、彼が魂消たのは事實だつた。

この春吉の突然の歸京をひどく迷惑に思つたのはお竹どんとお夏どんだつた。彼女達は女主人の云ひつけで、

西洋料理屋とお壽司屋へ走つたり、裏の物置から埃だらけの火燵をとりだして、それを掃除したり、二階の表の間を掃除してそこへ寢床をのべたりしなければならなかつた。それだけならまだしも、彼女達が最も迷惑がつたことは、女主人がさつき云つた「今夜は早うおやすみやすや」と云ふ言葉をすつかり忘れて了つて、彼女達の心も識らず、彼女達が寢る臺處で、長火鉢にむかひ合つて春吉といつまでも話をつゞけてゐることだつた。（早うあの人達が寢やはりますやうに！）お竹どんはこつそり、裏庭で箒を逆にたてて祈り、お夏どんは彼女獨特のお呪《まじない》——鹽を廁の屋根にパラパラとふり撒いたがその効能は更に現はれなかつた。

彼女達が、やつと、ねむた目で、臺處の雨戸を閉め、そこに寢床を敷いて、ねむりについたのはもう十二時を過ぎてゐた。然し彼女達にしてみれば、これでも、何時もよりは一時間以上も早くねむりにつくことが出來たのであつた。

冬の祇園町の朝の風景は、美貌の名殘を、華かなりし思ひ出をその横顔にとどめてゐる、勞咳の女を見るやうな感じがする。打水の凍つた小路《みち》に柳がすつかりかじかんで、じつとして動かない冬の日射に、行人《ひと》が寒さうに通り過ぎる。懷手でもなく、また手を出してゐるのでもない、全く中途半端な手の出し方をした小婢が三味線函を抱え、日蔭をさけて日景《ひなた》をよつて歩いて行くのが一入寒さを感じさせる。頭を角刈にした、檢番の若い衆は大福帳をぶらさげ、鼻唄を歌ひながらひよこひよこと剽輕な歩き方で小路《みち》を歩いてゐる。紫陽花色の混つた、家の日蔭をじつとみつめてゐると寒さが先づ目から激しく爭ひ乍ら身體の內部《うち》に入つて來る。ところどころ凍つた小路に塵の一つも落ちてゐないのが變に空々しい。濃淡のある日蔭、そこに潛みかくれてゐる冷冷とした空氣は死の靜寂のやうに動かない。その日蔭の空氣の中に吸ひこまれるやうに、瘠せこけた白い犬が、どこかで餌を漁つてゐた時悪戯づきな小婢から水をかけられたのであらう、肋骨の露に見えた、瘠せ細つた身體の疎らな毛並から濡鼠のやうにポタポタと滴をしたゝりながら、彷徨ひ歩いてゐる。この犬のひよろひよろとした歩き方が日蔭の空氣に一層重さと冷たさとを加へる。總てのものが冷冷とした、じつとして動かない空氣に怖えきつたやうにかじかんでゐる。だが、それでゐて、この小路《まち》のそこかしこに、たとへば、だらりと垂れた坊主の柳の技に、地面に横倒しになつた家々の日蔭と日景との境界線に、たとへやうもない長閑さがつゝましやかに、めぐりくる春の陽をまち佗びてゐる。丹前をきこんだ隣の男主人が盆栽の福壽草と小鳥の籠を家の前の日向に持ち出して、首をかしげて福壽草をあかずながめてゐたり、小鳥の籠の水差を掃除したりしてゐるのや、カラカラと、利休下駄の音をたて乍ら、金盥を手にした、梳髪の、亂れ髪の藝妓達《をんなたち》の朝湯がへりの後姿、これも朝湯がへりであらう、丹前を着こんだ、どこかのお茶屋の男主人が肩に手拭をかけ乍ら謠の一節を口號み乍ら行くのや、凍瘡《しもやけ》であかく腫れた手を呼吸《いき》でハァハァ溫め乍ら使ひ走りに行く小婢や、家々の庇の樋に巢くつてゐる雀の囀り等……總ての景物はのんびりとして、睡むさうである。羅宇屋のならす單調な氣笛の外は、長閑さを、動かない空氣を掻き亂す音の一つも聽えない。「姐さん、どこ行きどす、朝つぱらからひどうやつさつて……」「ちよつと神社《おみや》詣りに……」行違ひしなに交して行く藝妓達のゆつくりとした言葉の調子はその長閑さを一層深くする。ものゝ五六間も離れてゐるのに、會釋し、能の人がするやうな歩き方で近づき乍ら「昨夜《ゆんべ》はひどう寒おしたなア……」と申し合せたやうに同じ言葉で挨拶を交してゐる、綟《もぢり》外套の祇園町《まち》の老人と茶人らしい服装をした老人との動作は、實にのろのろしてゐる。美濃清と脊中に大きく字を染めた紺の半被を着たどこかの料理屋の小僧が口笛をふきながら自轉車で通つたあとは、暫くは誰も通らない。小路《みち》に横倒しになつた、家々の日蔭が、先刻からこの誰も通らないのを狙つてゐたものゝやうに、日景からその屋根の蔭を蝸牛の歩き方のやうに怖怖、じりじりと背を窄めてゐる。耳をすましてゐると、その家の陰の運動の音が、小路の凍つた打水の陽にとける音が聽えるのではないかと思はれれほどの靜けさ！　竹格子の家の前の日向で、蓙を地面に敷いて、その上で男の兒が女の兒達に混つて、まゝごとを遊んでゐる。花柳《はな》町の男の兒は女の兒のやうに、その動作から言葉までが溫和しい。そして何處となく女の兒に氣兼をしてゐるやうな樣子がありありと見える。男よりも寧ろ女の誕生を喜び祝ひ、男は穀潰とまでは行かなくとも男は役にたゝない存在《もの》と云つた觀念《かんがえ》から女を尊長する、花柳町《はなまち》特有の氣風が人々の頭に深くしみこんでゐて、それが何時しか無邪氣であるべき子供の幼氣《いたいけ》な頭のなかにまで生長してゐるのだ。「私《うち》、男やけどお母はんにならしてえア……」そんな甘つたれた言葉を聞いてゐると全く女の兒そつくり。みんな、未だ六七歳位でしかないのにその言葉も仕草もひどく早熟《ませ》てゐる。どこから持ち運んで來たのか、子供達は樣々な小道具を持つてゐる玩具の料理道具、足のない人形、折紙、何だかわけのわからない木片、蓙の上に、或は皿の上に盛られた雜草や小石や土、だが、かうしたがらくたでも、この子供達にとつては全く寶物なのだ。

惜しさうに冬の日射のさした二階の欄干《てすり》に凭たれて、寢卷姿のまゝ春吉は、ぼんやりと靜かな小路《まち》の朝の風景やすつかり冬靄につゝまれた遠景を眺めてゐた。彼に、童謠的な、懷しい記憶が、思ひ出が、樣々に衣裝を變へて胸に浮ぶ……。彼が京都にゐた間は時折交際《ゆきき》をしてゐたが、彼がある事情から、この土地の藥學専問學校から東京のX藥専――そこに彼は約半歳ばかりしか學籍をおかなかつたが――に轉校し、その後ずつと東京に住むやうになつてからは、一年一年と粗縁になつて、それでも未だ最初《はじめ》のうちは、年に一二回、年賀狀とか暑中見舞狀などによつて辛うじてお茶を濁してゐたが、それも今では全くぷつつりと音沙汰を斷つて了つた、この祇園町に住んでゐた幼な友達たち——ゆくゆくは義太夫語りになるつもりだつたらしい、小學校にゐるときからすでに義太夫の師匠の許に通つて、卒業《で》てからもなほずつと淨瑠璃をうなつてゐた、お茶屋の一人息子で、でぶでぶと太つてゐたK、地唄の女師匠の息子で、子供のときからすることとなすこと女々しくて、小學校を卒業《で》てからも舞を習つてゐたS、〆奴とか何奴とか云ふ藝妓とその旦那との間に生れた私生兒で、十二三になるまで舌が廻らなくて、いつも甘つたれた口のきゝ方をしてゐたN、ひどく早熟兒で十七か十八で、自分の家の若い藝者と關係して一悶着の後その藝者と結婚し未だ肩上げが悉皆とれないくせに早や赤ん坊を抱いてゐたT、十六七でもう一人前の藝者になつて、春吉が往來《みち》で會ふと、中學生の彼を子供のやうにあしらひ、調弄《からか》つたA子、O子……毛色の異つたこれらの幼馴染のことがそれからそれと恰も芋の蔓のやうに、彼に思ひ浮んで來る。その思ひ出が未だつひこないだのことのやうに、ついそこらあたりにあるものゝやうにしか思はれないのに、思へばそれはもう六七年、十年近くにもなるのだつた。

(あれから、みんなどうしたらう……みんな達者で暮してゐるかしら? もうみんなひどく變つて、ふと今往來《みち》で遭遇《あ》つたつて、恐らくお互がその昔の俤に一瞬間だけ目を疑ふだけでその儘行き違つて了ふのではなからうか。未だ小女《こども》だとばかり思ひ續けてゐた、昨夜みた、表通りのあの煙草店の姉妹でさへあんなにみちがへるほど大きくなつてゐるんだから。さぞかし　みんなは、もう私の想像も及ばないほど變つてゐるに違ひない、一度、そのうちの誰かに會つてみたい。そして、みんなのことを訊いて見たい……。)

カラカラカラ……臺處で、小婢が井戸の水を汲む釣瓶の滑車の音が彼の物思ひを破る。カチカチカチ……狹い臺處の三和土《たたき》の上をせわしく立廻る小婢達の下駄の音は、十年一日のやうに相も變らず彼にせかせかしい思ひをさせる。大方、長火鉢の前に座つて、小婢達に用事を云ひつけ乍ら何か細々とした用をしてゐるのであらう、輕い喘息を病んでゐる伯母の咳が聽えて來る。井戸と云へば、出入りの人達から「いつまでも井戸一つで押し通してずにもうえゝ加減に水道をおとりやすなア。」と云はれる度毎に、「水道なんてどこがえゝのどつしやろ、そら栓《ねぢ》一つで出るのどつさかい便利は便利どすやろけど、冬は冷たいし、夏は微溫《なまぬる》いし……おまけにお金がかゝりまつしやろ……」と云つてがんとして訊き入れず、水道を馬鹿にしてゐた伯母のことを彼は思ひ出した。（あれからもう十年近くにもなるのに未だに伯母は水道を敷設《と》らずに井戸一つで押し通してゐるのだ。）と思ふと、彼は、矢張り相も變らない强情つぱりの伯母の性格を思ひ出されて思はず微笑むのだつた。

パンパンパン。……拍手がなつてゐる。それはこの家の女主人が、臺處の棚に設けた、さゝやかな稲荷神社に朝の禮拜をし始めたのだつた。彼女は、花柳《はな》町の女の誰しもがさうであるやうに、殆ど、狂神に近い程の信心家だつた。「私《うち》がかうやつて信心してまつさかい、家には、別に大した惡いことも起らずに、みんな達者でゐるんどすえ。」偶然の合致を彼女の信心のお蔭だとばかり思ひこんでゐた彼女は年毎に信心の念を深めて行つた。他《はた》から見れば全く馬鹿馬鹿しいと思はれた程の凝《こり》方だつた。その癖、彼女は彼女自身の狂神のことは棚にあげておいて「天理《てんりん》教つて怪體《けつたい》なお祈りをしやはるんどすえな、こないだ、私《うち》みせて貰ふて仰驚しましたえ、なんでもかう、片つ方ではまるで踊か舞みたいに狂人《きちがひ》のやうになつて踊つてやはるお人があるかと思ふと、また一方のお人はドンチヤンドンチヤンとまるで散財か氣が違ふたお神樂みたいに太皷や鉦や笛を鳴らしてゐやはつて、ほんまに亂痴氣騒ぎみたい、あれではちよつとも信心らしうあらしまへん、ほんまに嫌やおへんか……」と彼女は何時も誰かと信心の話をする度毎に天理教信者達のことを悪口三昧してゐた。實際、彼女の稲荷神社信心ときたら、物凄いもので彼女が朝の禮拜をしてゐるところを全然識らない人が見たとしたら、これは狂人ではないか？と思つたであらう。禮拜の最中は全く一心ふらん、何事も考へずに、目をつぶつたり、最敬禮よりももつと丁寧なお辭儀をしたりしながら、口の中で何だかわけのわからない祈禱の文句をぶつぶつつぶやいては、正一位稲荷大明神とかゝれた赤い小さな提灯を十ばかりもぶらさげ、米だとか大根だとか餅などをお供《そな》へした神殿に向つて拍手をうち乍ら、ものゝ廿分間もおがみつゞけるのだつた。彼女はこの朝の禮拜を二十年この方一日と稱も缺かしたことがなかつた。四五年以前であつたか、ふと彼女は腎臓を患つたことがあつた。その時、彼女は醫者から安靜を命じられてゐたが、彼女は醫者に內證で、病床から起きてこの朝の禮拜をつゞけたものだつた。悉皆癒るまでには少くとも一月ほどはかゝりませう……。と云ふ醫者の言葉にもかゝわらず彼女の病氣がわずか二週間あまりで癒つたために、彼女はそれもひとえに信心のお蔭だとして、それからはますます信心の念を深めるのだつた。然し、たとへ、彼女の信心の形式が全く狂人じみてゐたとはいえ、彼女がこの「宗教のなかに何かしつかりした信念を持つてゐることだけはたしかだつた。「神や佛のことは他の事と異ふて人様に無理に奨めたりおしつけてはいきまへん。」こんなことを彼女は何時も口癖のやうに云ふのだつた。

　この女主人の朝の禮拜を、この家にゐる藝妓達、殊に小婢達は心ひそかによろこんでゐた。と云ふのは、「煙むたい存在」の女主人が一心ふらんに禮拜をしてゐるために、たとへわづか二三十分間と云ふ短い間ではあつたが、彼女達は氣も身體もゆつたりとさせることが出來た。若い藝者達は女主人が禮拜を始めるとすぐに、女主人にみつけられては都合が悪い彼女達の秘密の用事――例へば、戀しい人に手紙をかいたり、前夜、客から貰つた御祝儀を女主人に隱して、貧しい生家にとどけるために、誰にもわからないやうに紙につつんだり――をした。小婢達はすぐに裏へいつて、藏の前の板の間でお手玉をしたり、音のしないやうに鼠入らずをあけてつまみ食ひをはじめたりなんかした。三人の小婢のうちお梅どんは最もくひしん棒だつた。女主人が禮拜を始めるとお梅どんは必ず鼠入らずの戸を「目をつぶつて鈴を盗む盗人」のやうにしてあけ、その中にある煮豆とか金團《きんとん》とかをつまみぐひするのであつた。ある時などは、彼女は大膽にも、居間の簞笥の上の手簞笥のなかにある菓子にめをつけて、紙屑入れを兼ねた木の椅子を臺處から運び、その上にのつかつて菓子をつまみ食ひしたことがある。かうした女達の行狀を女主人はよく識つてはゐたが、一一氣にとめて、小言を云つてゐたひには、それだけでも一日が暮れて了ひさうな氣がして、よくよくのことでない限り知らぬ風を裝つた。だが、一心ふらんに禮拜をしてゐるやうな風《ふり》をみせ乍ら、禮拜のあいまあいまに鋭い注意を女達にさしむけることを彼女は決して怠らなかつた。

今しも、彼女が禮拜を終ると、先刻、三味線屋へ撥《ばち》を修繕《なほ》しに行くやうにと云ひつけておいたお夏どんが框のところで、すり鉢で胡麻をすつてゐるお梅どんと何かしら常談をしてゐたが、女主人の顏をみるなり、ハツと云ひつけられた用事のことを思ひ出して、周章てふためいてガタガタガタと下駄の音を三和土に騷々しくたてながら慌しく表の格子戸をあけて外へとび出していつた。あんまり周章てたと見え、肝心の撥を臺處の框の上におき忘れて行つた。「まあ、あの娘《こ》つたら、圖々しい、私《うち》の禮拜《おいのり》のときにきつと油をとつて……」さう云ひ乍ら女主人は胡麻をすつてゐるお梅どんをちらつと見た。みられたお梅どんは、彼女自身にも、心あたりがあるだけに、ひやりと感じて、態と擦りこ木をゴリゴリゴリとせつかちに廻し始める。

「ほんまに人を使ふのはなかなか容易なことではあらしまへんえな、がみがみ云ふとふくれ上るし、さうかと云ふて、温和しうしてるとつけ上るし、ほんまに人を使ふと云ひますけど、逆《あべこべ》で、かへつて人に使はれてるのどすえな。」彼女と殆ど同年輩の、隣の女将《おかみ》と顔を見合せていろんなことを話す度毎に、彼女はきつと人を使ふと云ふことが如何に六つかしいことであるかを肝膽相てらして話し合ふのであつた。

春吉は、欄干《てすり》に凭れて、日向でまゝごとをしてゐる子供達や小路《まち》を通る色んな人々をあかず眺めてゐたが、ふと誰かが階段を上つて來る跫音にきづいた。咳の仕方で、それが伯母であつたことが彼にはすぐにわかつた。

「ことしの春、りようまちを疾うてからは梯子段を上り下りするのが大儀でね。」昨夜《きのう》、春吉にそんなことを云つてゐた彼女にとつて、事實、この階段を上るのは大仕事だつた。手ぶらで上るのであればとも角、片手に嚢中に炭火を入れて、しかも、昨日の晝頃から夜までかゝつて漬物を漬けたため、その疲れの名殘が未だ身體の何處かに殘つてゐて、階段を三つ四つ上つた時「あゝ、しんど、これでは迚も……」と思つて止めやうとしたが、「お母はん、私《うち》が持つて行きまへう」と若い藝者が云つて呉れたその言葉のなかに《もう、お母はんはお年寄どつさかい、無理をせずに……》と云つた暈《ニューアンス》がありありと顔を出してゐるのに氣づいて、（私は未だ年寄ではない）と反抗心と瘦我慢からそれを斷つたことを思ふと、へこたれて弱音をはくことがいよいよ彼女を年寄にして了ふであらうことを考へて、强情我慢にも、よちよちと階段を上るのであつた。だが、階段を上つた時、さすがに疲れを感じて、深い呼吸をし、腰をさすりさすり「あゝあ、私はほんとに年齢をとつた！」と氣だけはいつまでも十年前のまゝで、二十年前のまゝでゐるつもりでゐても年齢《とし》にはかてないと云ふことを淋しく考へずにはゐられなかつた。

よく掃除のゆきとゞいた廊下を五六歩歩き、障子を靜かに開けた彼女は寢卷姿で硝子障子をあけて、欄干に凭れながら外を眺めてゐる春吉を見て仰山に驚く。

「まあま、春さん、そんな恰好でゐては風邪をひきまつせ、さあさ、そこの亂れ箱にある丹前をお着やす……」と云ひ乍ら部屋の隅にある鐵火鉢へ蒲團をふまないやうにして近づき、臺中から炭火をうつしつゝ、丹前をあつかひにくさうに着はじめる春吉（彼は丹前の何だか間が抜けたやうなところがあまり好きでないところから殆ど着たことは稀であつた）を時々盗見する。

「昨日は汽車で疲れてやはるのやさけ、ゆつくりねかしといたげやうと思ふのやけど、うちは喧しうてね……そら、私《うち》の姿が見えなくなつたら、もう階下はあの通り、ほんまに小婢《おちよぼ》はんたちつたら仕様がない、けど、ようねやはつた、昨夜《ゆんべ》は……」

「えゝ、よく寢ましたよ、伯母さん。」本當は、昨夜、彼は妙に興奮して朝方までねむることが出來なかつたのであるが、そんな餘計なことを云つてはかへつて伯母を心配させるに相違ないと考へてわざとよく寢た顔をする。

「昨夜《ゆんべ》はほんまに私《うち》びつくりしましたえ、あんたのお歸りが、あんまり突然《だしぬけ》やつたんで。私《うち》ときたらあんたを悉皆、み違へて了ふてね、それにあんたがひどう大きならはつたんで……」彼女は、昨夜、彼女が彼をあらうとにも博徒《ばくちうち》と間違へたなんてことは欠《おくび》にもださず、彼の姿をたゞたゞ感心したものゝやうにみながら、目を丸くして云ふ。

春吉は他《ほか》のことを考へてゐた。（伯母も年齢をとつたものだなア。）話の最中に襟をかき合せたり、話を終ると首を輕くうなづかせたりする伯母の癖は少しも前とは變らなかつたが、七八年の間に彼女は悉皆老ひこんで了つた。頬がげつそりこけて、眼の下の皮膚がたるんでゐる彼女の顔やもうめつきり年寄じみた彼女の身體の恰好を凝視めてゐると、彼の胸にひしひしと一種云ふに云はれぬ愛情のやうなものがせまつて來て、（物心つく頃から二十歳過ぎまで私をわが子のやうにして育て上げて呉れたこの伯母、伯母に私はどれ程苦勞をかけたかしれやしない。あの額の多くの皺だつて、そのうちの二つや三つはきつと私のために皺よつたものに違ひない。）彼が子供の時惡性の胃腸を患つた時、D町のS……とか云ふ小兒科の醫者がいゝと云ふので、彼女は彼を人力車にのせて殆ど二月ほども通つてくれたことや、彼が京都の藥學專門學校から東京のX藥專へ轉校するときなど、彼はそれに反對する伯母をくそみそにこきおろして遂々我を通したことなどを思ひ出すと「すまなかつた！」としみじみ伯母の苦勞が考へられて、死んだ魚のやうな榮えない目で彼女からじつとみつめられると、彼は彼女の顔を見てゐるのが堪へられなくなつて、思はず視線《め》を下に落して了ふ。

「それにあんた、お母はんにそつくり似てきやはつた、顔から肩の恰好まで。お母はんが今生きてゐやはつたら、あんなお母はんやつたけど、あんたの大きおなりたのを見てどんなに喜ばるかしれへんのにねえ……」

さう云つた時、彼女は思はずハツとした。春吉の顔にさつと暗い影が通りすぎて、彼が子供のときから不愉快になるとする癖――眉をひそめたのを彼女は氣づいたのだつた。事實、彼女の云つた、この「母」と云ふ言葉は彼の心を暗くした。「母」。彼には暗い思ひ出があつた。――長唄の師匠で、その若い弟子の歌舞伎役者と不倫の戀におち、お人好と人から云はれた程溫和しく、氣が弱く、肺結核で床についてゐた夫を捨て、Y溫泉に逃げ、そこで心中して了つた春吉の母。その報をきくと、氣の弱い春吉の父は世を果敢なみ、妻の不行狀を少しも責めず、寧ろ辯護する彼のお人好さ加減を謗る人々の口を怨みながら自殺して了つた。當時五つだつた彼にこの悲劇がわからう筈がなかつた。たゞ、ある激しい雨の日、母と人力車に乘つて、芝居へ行き、そこで歌舞伎をみたことだけが朧ろに彼の記憶に殘つてゐた。彼がこの悲劇の眞相を識り得たのは、彼が中學を卒業《で》てから、伯母の口からではなく、祇園町《まち》の人々のふとした噂話からであつた。それからの彼は惱んだ。一日のうちに世界が、空が、風景が、殊に彼を見る人の顏がすつかり昨日とは異つて見えた。殊に彼を最も苦しめたものは、靜脈の鮮かな色が與へる脅迫觀念だつた。一日中手ばかりみつめてゐることがあるかと思ふと、ふと手が心の命令しないのに動くのが怖しくなつて、「俺は氣が狂ふのかも知れない!」と考へて、蒲團の中に顏を長時間うづめてゐたりすることがあつた。だが、母は矢張り母だつた。たとへ、母の行狀が祇園町《まち》の人々から惡樣に云はれてゐたとは謂へ、彼は母を責める氣には毛當なれなかつた。人々が云つてゐることには間違ひなかつたにしても、父が母を辯護したやうに、そこにはもつと何か深い事情があつたものゝやうに彼には思はれて仕方がなかつた。かうした自慰が彼を幾分煩悶から救ひ上げた。だが、憂鬱さは絶えず彼につき纏つた。醫者は彼を神經衰弱だと、診察して云つた。伯母の意にさからつて、彼が京都の土地を離れたのは彼の心を暗くするこの思ひ出の絆を切斷《た》つために他ならなかつた。六七年も異つた土地に生活して居れば、この暗い思ひ出を憶ひ出したとしてもそれはもう以前のやうに參らせることはなからう、さう考へて彼は東京のX藥學專問學校へ轉校したのであつた。——このX藥專を半歳ほどで止め、知人の紹介で、ある病院で調劑師助手として働くやうになつてから、なむなむとした單調な生活を續けて現在に及ぶのであるが。昨夜、京都に歸着《つ》いて、伯母の家への途中《みち》で、時折暗い思ひ出が浮び上つて來たがもう以前のやうな憂鬱さが襲ひかゝつて來ないのを見て、この分なら、病院から休暇をもらつた二週間の間をずつと京都にゐられるぞと祕かに安心したのであつた。昨夜も臺處で伯母と長火鉢に向ひあつて、いろんな積る話をおそくまで語つたが、不思議にもそのことを思ひ出さなかつた。のに、今日はどうしたのか、それは多分伯母のしんみりとした調子で云はれた「母」と云ふ言葉か、それとも伯母の涓脆さが彼の心を弱くさせたためであらう、彼はまたかつての暗憺とした暗さや彼の憂鬱な性格が甦つてくるのを感じた。それが自然《ひとりで》に、彼の顔にあらはれてゐたつたのだつた。

伯母は彼女の輕卒な言葉が彼の心を暗くさせたのに氣づくと、瞬間、彼が母のことを忘れて了つた程氣の毒な周章て方をして、實感のない話に言葉を濁して了ふ。

⸨人のいゝ伯母、私はなにもかもよく識つてゐるのに。⸩彼女の心を察して、彼は伯母の方から視線《め》を外し、窓から外を眺めながら、思ひ出したやうに、空々しい話題を彼女に持つて行く、

「伯母さん、この小路《まち》は相變らず、ちつとも變りませんね。」

この彼の言葉に、伯母は⸨この春吉《こ》つたら子供の時からずい分氣むづかしやだつたが、東京でずい分苦勞をしたと見えて、他人《ひと》のことを考へるやうになつた……⸩と考へながら、そんなことは顔色にも出さず、ほつと安心した彼女自身を春吉の視線から、亂雜に脱がれた春吉の上衣やズボンを洋服掛にかけることによつて誤魔かし乍ら、彼の話をうける。

「ええ、京都のあつちこつちに、はいからな大きい建物が澤山《たんと》増え、叡山にはけえぶるかあが出來るし、もうちつき地面の下の電車が四條通りを走るとか云ふし、着物がだんだんすたれて、女の人まで洋服を着やはるやうになつても、この祇園町《まち》だけはねえ、祇園町《まち》は昔の儘、私《うち》の小さいときとひどう變つてゐないけど、これでずい分といろいろ變つてるのどすえ。この祇園町《まち》も以前《ひといま》とはひどう淋しうなつてね、七八年前のあの景氣のえ

え時には、この祇園町《まち》のどのお茶屋《うち》にも、えゝことがあつて百圓札を御祝儀にまき散らさはる馬鹿遊びをする人もあつたけど、この頃ではそんなこと祇園町《まち》の何處を捜してもあらしまへん。不景氣、不景氣とほんまに不景氣つゞきで、その上カフエーと云ふ商賣敵《がたき》がどんどん增えてくるし、どのお茶屋《うち》もどのお茶屋《うち》も表面《うはべ》は涼しい顏をしてやはるけど內面《うちら》は火の車、稅金は高うなるばかりやし、もの入りは嵩むし、それにこの節は世の中がうるさうなつてね、やれ自由廢業やとかやれなんやかやと十年程前にはそんな心配は、罌粟の種ほどもなかつたのにねえ。それにこの節の華客《ひと》と來たらみんな賢うならはつて遊ばはるにしても前から帳面に勘定《かて》を書いてゐやはるのかと思ふやうな遊び方、それでもきちんとお勘定を拂うて吳れはつたらとも角、中には損《ばば》をかけやはるやうな人が澤山《たんと》ゐやはる。自家《うち》なんかまだ曲りなりにも借家の二三軒も持つてるし、女紅場からは藝妓花代《かね》を貰ふ方やさけえゝけんど、これで月々家賃を拂うてお茶屋稼業《しようばい》をしてやはる家やつたら、もう火の車、女紅場の方へはきちんと月のはじめに拂はんと營業《しようばい》が出來なくなるし、料理屋はんやお酒やはんへも拂はんならんし、どない質素《しまつ》にしても雜用は要るし、それに稅金は泣いても笑つても拂はんならんし、加之《しかも》、この不景氣、もう火の車どころか遣繰に遣繰算段を重ねて、ほんまに重荷《にもつ》をせようて紙の橋を渡るやうな危い藝當を續けてゐやはる家《うち》が大部分、それでもまだどうやらこうやら表面《うはべ》の體面を保つてゐやはる家は上の出來で、もう二進も三進もゆかなくて夜逃げみたいにして、あつちにもこつちにも散々迷惑を掛け店を了ふて何處かの裏長屋へ逼塞《ひつ》して了はつた家が、この小路《まち》だけでも二三年の間に五六軒もあるのどすえ、から身を落して了はつた家は外觀《みえ》も外聞も良うおへんけど、かへつて氣樂かも知りまへん。けど、お茶屋《しようばい》を止めるにも止められないで續けてゐやはる家は、どないに辛いかわからしまへん。不景氣でお華客《きやく》さんがきちんきちんとお勘定を拂うて吳りやはらへんと云うても、まさかお華客《きやく》さんを一一警戒《ようじん》なんかしたら、みんな氣を惡うして來やはらへんし、と云うて遊んで貰ふと、中には澤山《たんと》、遊興費《おかね》を拂うて呉りやはらへん人がゐやはるし、これが他の花柳町《とこ》やつたら下司なことも出來るけど、この祇園町では格式にもかゝわるのでねえ、さうかと云うて、今更こんな水商賣を廢業《や》めて堅氣の商賣にふり變ることは六つかしいし、また出來ない氣もするし、ほんまに、みんなどこも困つてゐやはるのどすえ……」とこんなだらだらした話やどこそこの藝妓屋の老婆《ばあ》さんは去年の暮、日頃虎の子のやうにしてゐた臍繰金をこそ泥にもつて行かれたのを苦にして首を縊つて死んだとか、彼が子供のときよく將棋を指したことのある、「都踊り」の笛吹きの老人は二月ほど前、持病の胃癌で亡くなつたとか、裏通りの酒屋の息子で彼と同じ年輩のS……は大學で運動選手をしてゐたが助膜炎を疾ひそれが原因《もと》で遂々落命したから、東京でも彼が決して過激な運動をしないやうにとか、彼は生れつき腸が弱いから、げんのしやうかうと云ふ漢方の藥草を煎じてそれをお茶がはりに毎日飲むとい丶とか、彼のことであるからそんなことはなからうが決して惡い友達、殊に社會主義とかなんとか云ふものには係はらないやうにとか、彼が今下宿してゐる家のお神さんはい丶人であるかとか、洗濯ものはどうしてゐるかとか、と其他色んなことをくどくどとだらだらとした話の調子で話す。彼女は彼女の先刻の輕卒な言葉が彼に暗い思ひ出を喚びおこさせたのを深く恥じて、どうにかして、他の話題で出來るだけ彼がもう彼の母のことを追想しないやうに努力してゐるのであつた。かうした彼女のだらだらした話の調子が彼を一層苛々させ、彼女が彼の心を紛らはさうと努力すればする程、その彼女の白々しい努力が彼をたまらないものにさせ、憶ふまいとしてゐることをかへつて憶ひ出させ、屢々「伯母さん！　もう止めて下さい！」と云はうとするのであつたが、こんなにまで氣を使つてゐる伯母のことを考へるとそれが彼に云へなくて、そして義理にでも晴やかな顏をしないと惡いやうな氣がして、心にもなくお世辭笑ひをしたり、捉えどころの笑ひに浮かぬ顏を紛らはせたりした。然し、伯母の色々な話――殊に、地唄の女師匠や君何とか云ふ年增藝者の哀れな物語がいたく彼の胸をうち、このやうな話を、彼の下宿の同宿人で、年が年中、部屋に燻つて、書つぶしのもみくしやになつた原稿用紙に身體を埋れながら机にむかつてゐたり、あるときは頰骨のつきでた蒼い顏とひよろひよろとした身體を置どころに困つたやうに狹い部屋の中をぐるぐると持運んでゐたり、かと思ふと、時折、のこのこと案內も乞はずに春吉の部屋に出張に及んでは、春吉にはあまりよくわからない文學論を口角に泡をはみ出させては辯じたて乍ら「僕は今、近松門左衛門のやうな世話じみた長篇小說を書いてるですよ……。」と、きまりきつて、その文學論が濟んでから云ひ出し、春吉は、いつものことなので、甚だ煩く思ひ、いい加減にあしらひ乍ら――と云つてそんな風は少しも顏にも擧措にも見せず、心にもない御世辭で、讃詞の言葉を云ふと、子供のやうに相好をくづしく、そゝくさと自分の部屋に飛んで歸つては再び戾つて來て、「これは、昨夜《ゆうべ》書いたものですよ、まあ、きいて下さい。」とせきこみながら、春吉が退屈を感じるやうな、何だか變に俗つぽい小說を讀んできかせる、文學青年の、熊本縣人N……に、土產として持つて歸つてやつたら、さぞかしよろこぶであらうなどと相像しながら、そのN……の顏と絕へず喋りつゞけてゐる伯母の顏とをごつちやにしつゝ、彼女の話を半ば上の空できゝ入つてゐるうちに彼の心の暗い陰は幾分か消え去つてゐた。

彼女はそれからもなほだらだらとした調子で色んなことを喋つた。

「お母アはん！　吳服屋はんどつせえ！」若い藝者が階下《した》から頓狂な聲で女主人を呼んだのが潮時だつた。彼女はこれを勿怪幸のやうに心ひそかに思ひ、と云つてさうした素振を未塵も春吉には見せず（不幸にも春吉はさうした伯母の本心がわかりすぎる程わかつてゐたのであつたが）、揉手をしながら、よいしよと大儀さうに立ち上り、片手には巻煙草の吹殻を一杯入れた臺中を持ち、片手で膝をこすりながら、

「まあま、あの娘《こ》つたらお行儀が悪い、もう十八にもなるのにあんな大きな聲をして、私がまだ聾ぢやあるまいし……では、春さん、ちよつと……」と、ぶつぶつとその若い藝者のことを小言しながら部屋から出ていつた。

伯母が部屋を出て行くと、春吉は俄に、何ものかに縋りつきたいやうな、何だかわけのわからない淋しさと悲しさとが犇々と胸にこみあげて來るのを感じた。伯母のさつきの細い心遣を身に泌るほど嬉しいものと感じてゐながらも、呉服屋が來たのを勿怪幸のやうにして、彼から逃れていつた彼女の振舞やさうした彼女の僞りを病的に鋭く看ぬく彼自身の不幸さに腹立たしくなつて、わけもなしに流れでる泪を不思議に思ひ乍ら、その泪をふり拂はうともせず、力なく蒲團の上に身を落し、兩手で髪をくしやくしやに搔きむしりながら、子供のやうに歔泣くのであつた。


（一九三二　一月斷片）

編輯後記

若園清太郎君の飜譯「悲劇役者」は、全部「新女學研究」に載つたため、中止としました。

昭和七年二月廿九日印刷
昭和七年三月　三　日發行
青い馬　第五號
定價金參拾錢

編輯
發行者　東京府荏原郡矢口町安方一二七　坂口安吾
印刷者　東京市牛込區山吹町一九八　萩原芳雄
印刷所　東京市牛込區山吹町一九八　萩原印刷所

定價　一部　參拾錢
半ヶ年分　壹圓八拾錢
一ヶ年分　參圓五拾錢
前金、直接御申込に限ります。

發行所　東京市神田區一ツ橋通町三　岩波書店
電話九段（33）　一二八一番　二六二六番　二一〇八番　二一〇九番
振替口座東京二六二六〇番

《復刻版刊行にあたって》

一、本復刻版は、浅子逸男様、庄司達也様、公益財団法人日本近代文学館様の所蔵原本を提供していただき使用しました。記して感謝申し上げます。

一、復刻に際しては、原寸に近いサイズで収録し、表紙以外はすべて本文と同一の紙に墨色で印刷しました。

一、表紙の背文字は、原本の表示に基づいて新たに組んだものです。

一、鮮明な印刷となるよう努めましたが、原本自体の状態不良によって、印字が不鮮明あるいは判読が困難な箇所があります。

一、原本の中に、人権の見地から不適切な語句・表現・論、また明らかな学問上の誤りがある場合も、歴史的資料の復刻という性質上、そのまま収録しました。

三人社

青い馬　三月號　復刻版

青い馬　復刻版（全7冊＋別冊）
２０１９年６月２日　発行
揃定価　４８、０００円＋税
発行者　越水　治
発行所　株式会社　三人社
京都市左京区吉田二本松町４　白亜荘
電話０７５（７６２）０３６８
組　版　山響堂pro.
乱丁・落丁はお取替えいたします。
三月號コードISBN978-4-86691-132-8
セットコードISBN978-4-86691-127-4